MARIA MAVROMATAKI

MYTHOLOGIE

ET CULTES DE LA GRÈCE

COSMOGONIE

LES DIEUX

LE CULTE

LES HÉROS

editions HAÏTALIS

SOMMAIRE

ÉDITIONS HAÏTALI
TEXTES: MARIA MAVROMATAKI
(Archéologue - Guide)
RÉALISATION & DTP: BARRAGE LTD
RÉALISATION ARTISTIQUE: F. SVARNA
TRADUCTION: MICHELINE GROBÉTY
SÉPARATION DES COULEURS: COLOUR CENTER

13 RUE ASTROUS , 13121 ATHÈNES,
TEL.: 5766.883

INTRODUCTION

Les mythes, les premières créations de l'imagination humaine, naquirent du besoin profond d'une interprétation allégorique de tous les phénomènes de la vie. La crainte de l'homme devant les forces incontrôlables de la nature, ses angoisses métaphysiques, la constatation de son impuissance, mais aussi de son unicité, de même que les règles morales sur lesquelles il allait fonder sa vie et les relations avec ses semblables, furent la source d'inspiration de récits fabuleux, au contenu symbolique. L'ensemble de ces légendes constitue la mythologie, qui reflète l'impression première de l'homme face aux manifestations de la vie. Parallèlement, les mythes donnent une image nette des particularités de chaque peuple, de son psychisme, de ses aspirations, de ses achèvements et de sa progression historique.

Les Grecs furent parmi les peuples les plus anciens à élaborer des mythes, conservant et interprétant de cette manière ce qui dépassait la mesure humaine et leur apparaissait inexplicable, indomptable. Leurs récits se transmettaient oralement de génération en génération, s'enrichissant ou subissant des changements selon les besoins et l'évolution de chaque époque. En amalgamant leurs légendes avec de nombreux concepts moraux, les Grecs firent naître de leur imagination fertile des êtres suprêmes, les dieux, qui gouvernaient l'univers et déterminaient la destinée humaine. Ces dieux devinrent l'objet de leur culte et les activités divines constituèrent leur guide pour le choix d'une vie vertueuse. Les exploits de leurs dieux et héros, source d'inspiration et de création, incitèrent les Grecs à poursuivre une marche ascendante vers la conquête d'objectifs élevés. La mythologie, enflammant leur esprit inquiet, fut la force motrice qui aboutit à la création de ce que nous appelons aujourd'hui la civilisation grecque.

La question fondamentale que se posaient non seu-

lement les Grecs, mais également tous les peuples, concernait la création du monde et les forces qui régissent son fonctionnement. Il semble que les premiers habitants du pays qui devait s'appeler plus tard la Grèce aient identifié l'univers avec la terre elle-même, qui offre ses fruits et permet aux êtres d'exister. La générosité de la nature et la fécondité aussi bien de la terre que des hommes étaient considérées comme des mystères suprêmes et furent déifiées. La terre, aux forces bienfaisantes, prit la forme d'une divinité féminine, responsable de la fertilité et de la reproduction.

Les habitants de la Grèce préhistorique adorèrent cette déesse dans des lieux sacrés et l'honorèrent par des offrandes et des représentations à son image. A l'époque mycénienne (XVIe-XIIe s. av. J.-C.), la grande déesse de la Terre, Gé (ou Gaïa), était entourée d'une foule de nouvelles divinités, dont la plupart étaient masculines. Depuis le déchiffrage de l'écriture Linéaire B de la période mycénienne, nous savons que c'est à cette époque que l'on commença à adorer les dieux qui survécurent pendant des siècles dans la religion et la mythologie de la Grèce antique. Sur les tablettes d'argile inscrites en Linéaire B trouvées dans les palais mycéniens, on a pu lire les noms de Zeus, d'Arès, d'Hermès, de Dionysos et de Poséidon, qui furent les principaux dieux des temps historiques. Le panthéon hellénique fut constitué après l'arrivée des Doriens sur le sol grec et comprenait, outre les divinités purement doriques, des éléments du culte préhellénique, du panthéon mycénien et des croyances du Proche-Orient. Les nouveaux dieux devinrent les ordonnateurs de l'univers et les gardiens des lois régissant le monde. Leurs activités furent décrites dans des légendes aussi nombreuses que variées, qui donnaient une explication à toutes les craintes de l'humanité, ainsi qu'à toutes les fonctions de la nature et des êtres vivants.

p. 4
Le fameux Sphinx de Naxos, ex-voto offert par les Naxiens au sanctuaire de Delphes (570 av. J.-C., Musée archéologique de Delphes).

p. 5
Relief de l' île de Milo représentant Scylla, monstre horrible à corps de femme avec une tête et une queue de dragon. De sa taille sortent des têtes de chiens (Ve s. av. J.-C., British Museum).

A

COSMOGONIE

p. 6
En haut: Zeus frappant de son foudre le Titan Japet (Fragment du fronton du temple d' Artémis Gorgone à Corfou, 585 av. J.-C., Musée archéologique de Corfou).
En bas: Le Géant Canthare (Détail d' une scène de la Gigantomachie provenant de la frise N. du trésor de Siphnos à Delphes, 525 av. J.-C., Musée archéologique de Delphes).

p. 7
A la place de Zeus nouveau-né, Rhéa présente à Cronos une pierre emmaillotée (Pélikè à figures rouges, 460 av. J.-C., Metropolitan Museum de New York).

1. LA CRÉATION DU MONDE

La plus ancienne allusion à la genèse du monde se trouve chez Homère, qui, à deux reprises, parle dans l'Iliade d'**Océan** (ou Océanos) comme étant le père de tout et de tous. Pour les anciens Grecs, Océan était un fleuve immense, qui entourait toute la terre et dont le cours impétueux donnait vie à la mer, aux sources ou aux rivières. Son épouse et mère originelle était **Téthys,** de l'union avec laquelle naquirent trois mille fleuves et trois mille nymphes, les **Océanides.** Celles-ci, avec l'aide de leurs frères, les **Potamoi** (Fleuves), veillaient à l'éducation des enfants et au maintien de la jeunesse du corps et de l'esprit. On distinguait parmi elles des figures importantes de la mythologie, comme Europe, Calypso, Tyché et Eurynomé. C'est également d'Océan et de Téthys que descendaient les **dieux** des Grecs qui devaient par la suite dominer le monde.

Une interprétation différente sur la création du monde et des dieux nous est donnée par Hésiode dans son ouvrage "Théogonie": "Au début naquit **Chaos,** puis **Gé** à la large étreinte, soutien éternel et inébranlable des immortels qui habitent l'Olympe; et **Eros,** le plus beau des immortels, qui distille son doux désir aux dieux et aux hommes, qui dompte les coeurs et l'emporte sur tout conseil sage". Chaos engendra **Erèbe** (Ténèbres) et **Nychta** (la Nuit), qui, à leur tour, donnèrent vie à **Aethra** (l'Air) et à **Héméra** (le Jour). Gé enfanta **Ouranos,** le ciel étoilé, les **Oré** (les Montagnes) et **Pontos** (la Mer). Plus tard, elle devint l'épouse d'Ouranos et mit au monde les Titans, les Cyclopes et les Hécatochires.

2. OURANOS - GÉ - CRONOS

Ouranos entretenait avec ses enfants des relations qui étaient loin d'être amicales. Les principales victimes de la colère du grand dieu furent les Titans, qu'il emprisonna dans les entrailles de la Terre. Leur mère, indignée par cette injustice, fabriqua une faucille et invita ses fils à mettre un terme à leurs malheurs. Cronos, le plus jeune mais aussi le plus audacieux, se cacha dans le lit de ses parents. Il attendit le moment propice où Ouranos se coucha et voulut étreindre Gé pour couper avec la faucille les parties génitales de son père, qu'il jeta dans la mer. De celles-ci et de l'écume des vagues naquit Aphrodite, tandis que les gouttes de sang tombées sur Gé donnèrent vie aux trois Erinyes, aux nymphes Méliades et aux Géants.

p. 8
Les Courètes en armes frappant leurs boucliers de leurs lances pour que Cronos ne puisse pas entendre les pleurs du petit Zeus. Au centre: Zeus buvant le lait d' Amalthée, qui, selon une légende, n' était pas une chèvre, mais une nymphe. (Relief romain de l' époque d' Auguste, Musée du Louvre).

3. CRONOS - RHÉA - ZEUS

Ouranos ayant été émasculé, le pouvoir passa aux mains de Cronos. Celui-ci délivra immédiatement ses frères et épousa la Titanide Rhéa, dont il eut Déméter, Hestia, Héra, Hadès et Poséidon. Mais le sort de ses propres enfants ne fut pas non plus heureux, puisque, craigant d'être détrôné par l'un de ses descendants, il les dévorait l'un après l'autre dès leur naissance.

Rhéa, exaspérée par ce comportement, demanda conseil à Ouranos et à Gé peu avant de mettre au monde son dernier enfant, Zeus. Grâce à leur aide, elle put cacher celui-ci dans une grotte, en Crète, et donna à sa place à Cronos une pierre emmaillotée dans des langes. Pour couvrir les pleurs du nourrisson, les **Courètes,** fils de Rhéa, dansaient à l'extérieur de la cachette en frappant sur leurs boucliers de bronze. Le petit Zeus grandit en buvant le lait de la chèvre Amalthée, qu'il honora plus tard en donnant son nom à une constellation. De nos jours encore, les Grecs utilisent l'expression "corne d'Amalthée", là où nous disons "corne d'abondance".

4. LA BATAILLE DES TITANS (TITANOMACHIE)

Devenu grand, Zeus rencontra son père, se mesura à lui en force et en sagesse et l'emporta. En se servant d'un vomitif, il contraignit Cronos à expulser de son ventre tous ses enfants, ainsi que la pierre qu'il avait avalée à la place de son dernier-né. Puis il transporta lui-même cette pierre, symbole éternel de sa suprématie, à l'Oracle de Delphes.

Les enfants de Cronos, voulant punir leur père, se regroupèrent derrière Zeus. De son côté, Cronos s'allia à la plupart de ses frères Titans pour livrer la fameuse bataille des Titans (Titanomachie) contre les futurs dieux de l'Olympe. Mais le Titan Océanos et sa fille Styx entourée de ses enfants (Cratos, Bia, Zélos et Niké, c'est-à-dire la Force, la Violence, l'Ardeur et la Victoire), ainsi que Prométhée, fils du Titan Japet, se rangèrent du côté des dieux. La mère elle-même des Titans, Gé, aida les dieux en prophétisant qu'ils gagneraient à condition de délivrer les Cyclopes et les Hécatochires que Cronos avaient emprisonnés dans le Tartare. Zeus réussit en effet à les libérer et ceux-ci jouèrent un rôle décisif auprès des dieux. Les Cyclopes offrirent même à Zeus le tonnerre et la foudre, à Poséidon le trident et à Hadès la **cynée,** casque en peau de chien qui le rendait invisible.

Les Titans établirent leur camp sur le mont Orthys, tandis que les dieux choisirent l'Olympe. Le guerre dura dix ans et les derniers combats furent particulièrement dramatiques. Hadès s'approcha, invisible, de Cronos et lui vola ses armes, Poséidon le menaça de son trident et Zeus le tua d'un coup de foudre. Les trois Hécatochires jetèrent d'immenses rochers sur les autres Titans, qui prirent la fuite en entendant le cri effrayant du dieu Pan (=panique).

Les Titans qui avaient survécu furent emprisonnés dans le Tartare, sous la garde des Hécatochires. C'est ainsi que l'ancienne caste des dieux resta enchaînée dans les entrailles de la terre, tandis que les dieux de l'Olympe, vainqueurs, montèrent dans le ciel lumineux, apportant au monde des conceptions et des valeurs nouvelles.

5. ATLAS

Le Titan Atlas, à qui Cronos avait confié le commandement des opérations pendant la Titanomachie, fut cruellement puni par Zeus. Il fut exilé au Couchant, à l'extrémité du monde, là où se trouvait le jardin des Hespérides et il fut condamné à soutenir à jamais sur ses épaules le ciel et la terre. Mais cette dure épreuve lui dévoila les mystères de la terre, du ciel et des fonds marins et il fut le premier à apprendre que l'univers avait la forme d'une sphère. Selon la légende, Atlas aurait engendré les sept Pléiades, qui ont donné leurs noms à un groupe d'étoiles (Alcyone, Electra, Celaeno, Maïa, Mérope, Taygète, Astérope), les Hespérides, qui sont souvent confondues avec les Pléiades, Hespéros, Hyas, Calypso et Pasiphaë.

p. 10
L'unique fois où Atlas ne soutint pas la voûte céleste sur ses épaules fut pour apporter à Héraclès les pommes d'or du jardin des Hespérides (voir pp. 163-164). Sur l'une des métopes du temple de Zeus à Olympie, Héraclès est représenté tenant le ciel et la terre avec l'aide d'Athéna, tandis qu'Atlas leur présente les fameuses pommes (460 av. J.-C., Musée archéologique d'Olympie).

p. 11
Atlas condamné à soutenir le globe terrestre sur ses épaules (Statue romaine, Musée national de Naples).

6. GIGANTOMACHIE

Selon une légende, les Géants seraient nés des gouttes de sang tombées sur Gé, lorsque Cronos trancha les organes génitaux d'Ouranos. C'étaient des monstres de taille énorme, à la chevelure et à la barbe de serpents, avec des queues se terminant par des dragons. Une autre version veut que Gé ait accouché de ces monstres juste après la Titanomachie, pour se venger des dieux qui avaient enfermé ses enfants dans le Tartare et avaient cessé de lui rendre hommage. Ainsi, les Géants, invités par Gé, attaquèrent soudain les dieux en leur lançant des rochers et des troncs d'arbres enflammés. Ce fut le commencement de la fameuse Gigantomachie, qui apporta des bouleversements sur la terre tout entière. Les Géants ébranlèrent le sol, déplacèrent le cours des fleuves, firent s'effondrer des montagnes et monter le niveau de la mer. Leurs actions, qui reflètent très vraisemblablement une série de transformations géologiques survenues dans cette région du monde, ne laissèrent pas les dieux insensibles. Autour de Zeus se rassemblèrent, prêts à se battre, Poséidon, Arès, Héphaïstos, Hermès, Apollon, Dionysos avec les Silènes et les Satyres, les Moires (Parques), Héra, Aphrodite, Artémis, Cybèle, Styx et sa fille Niké (Victoire), Hécate et aussi Athéna, née tout armée de la tête de Zeus pendant la Gigantomachie. Face à l'intrépidité des

p. 12
Apollon, Artémis et le géant Canthare pendant la Gigantomachie. (Fragment de la frise N. du trésor de Siphnos à Delphes, 525 av. J.-C., Musée archéologique de Delphes).

p. 13
Athéna, revêtue de l'égide frangée de serpents, prend part à la Gigantomachie en semant la terreur parmi ses adversaires. (Fragment du fronton de la Gigantomachie, placé dans l' ancien temple d' Athéna, sur l' Acropole, à la fin du VIe s. av. J.-C., Musée de l' Acropole).

dieux, les Géants opposèrent une résistance farouche. Les dieux écoutèrent alors une prophétie qui leur conseillait d'accepter l'aide d'un mortel, s'ils voulaient sortir vainqueurs de la bataille, et ils firent appel à Héraclès. La collaboration de ce dernier s'avéra précieuse, mais Gé partit à la recherche d'une herbe médicinale qui sauverait ses fils. Dès que Zeus l'apprit, il interdit à Éos, à Hélios et à Séléné (personnifications de l'aurore, du soleil et de la lune) d'apparaître jusqu'à ce qu'il eût luimême trouvé et détruit la plante.

Ainsi, l'un après l' autre, tous les Géants finirent par mourir. Athéna tua Pallas et, après l'avoir écorché, utilisa sa peau pour en faire un bouclier. Encélade tomba également sous les coups de la déesse, qui jeta sa tête en Sicile. Dionysos, métamorphosé en lion, dévora Eurytos (ou Roitos) et élimina ses autres adversaires en les touchant de sa thyrse. Héraclès vint à bout d'Alcyonée et – avec l'aide d'Apollon – d' Ephialtès, tandis que Zeus massacrait Eurymédon et Porphyrion et que Poséidon envoyait Polybôte ad patres. Après avoir exterminé les Géants, les dieux devinrent les seuls maîtres de la terre et des êtres qui l' habitaient.

p. 15
Fragments de la frise N. du trésor de Siphnos à Delphes représentant des scènes de la Gigantomachie. On distingue, de gauche à droite (en haut); le lion de Cybèle attaquant un géant, Apollon, Artémis et les géants Canthare, Ephialtès et Hypertas, (en bas): Athéna, les géants Bérectas, Laertas et Astartas, Arès et les géants Biatas et Enaphas (525 av. J.-C., Musée archéologique de Delphes).

7. LA CRÉATION DE L'HOMME

LES CINQ RACES

Selon Hésiode, les premiers hommes étaient des enfants de Gé qui vivaient sous la domination de Cronos. Ils menaient une vie paisible et insouciante, sans préoccupations, ni nécessité de travailler pour survivre. A cette **race d'or** de l'humanité succéda la **race d'argent,** qui vivait dans une société strictement matriarcale, loin des dieux, et était malheureuse. Condamnée par Zeus à disparaître, elle fut remplacée par la **race d'airain.** Les nouveaux hommes qui la composaient croyaient aux dieux, mais étaient belliqueux et cruels. Aussi disparurent-ils rapidement, cédant la place à d'autres hommes, appartenant également à la **race d'airain,** mais plus civilisés et dotés d'une âme héroïque. Ayant pris part à l'expédition des Argonautes et à la guerre de Troie, ils séjournaient à jamais aux Champs Elysées. La dernière race était celle **de fer,** composée d'hommes injustes et durs, qui vivent jusqu'à nos jours sans avoir jamais connu le bonheur.

p. 17
Exilés aux deux extrémités du monde –au Couchant et au Levant–, Atlas et Prométhée subissaient patiemment le châtiment de Zeus. A gauche, Atlas soutient sur ses épaules le ciel, tandis qu'à droite, Prométhée, attaché à un pieu sur le Caucase, a les chairs impitoyablement déchiquetées par un aigle. Le serpent derrière Atlas symbolise la terre, dressée sur une grande colonne. (Kylix laconienne, 550 av. J.-C., Rome, musée du Vatican).

ÉPIMÉTHÉE-PROMÉTHÉE-PANDORE

La naissance du genre humain est présentée de manières diverses par les auteurs anciens. Du temps des Titans il n'existait aucun être mortel sur la terre, mais seulement des dieux immortels. Ceux-ci décidèrent donc un jour de créer une nouvelle espèce d'êtres, qu'ils façonnèrent avec de la terre et du feu. Puis ils ordonnèrent à Épiméthée et à Prométhée, fils du Titan Japet, de les parer et de les doter de pouvoirs et de qualités. Epiméthée entreprit de faire lui-même le partage et pourvut tous les êtres de la terre, de la mer et du ciel de tout ce qui leur était indispensable pour vivre et perpétuer leur espèce. Les dons des dieux furent répartis de manière équitable, de sorte que, bien que les nouvelles créatures différassent entre elles, aucune d'elles n'avait plus de qualités que les autres, pas plus qu'aucune d'elles ne jouissait de tous les avantages de la nature.

Épiméthée commit toutefois une faute grave. Absorbé par l'attention qu'il portait aux autres créatures, il oublia de donner ses présents aux hommes, qu'il laissa nus et sans défense. Aussi, lorsque Prométhée les aperçut, décida-t-il de les aider. Il déroba à Athéna sa sagesse et à Héphaïstos le feu et, après en avoir fait don au genre humain, il lui enseigna les arts et les sciences et lui insuffla l'espoir pour affronter les vicissitudes de la vie. Certains auteurs de l'antiquité soulignent plus particulièrement l'apport de Prométhée, considérant que c'est lui qui, avec l'aide d'Athéna, façonna l'homme avec de la glaise et du feu et lui donna un aspect semblable à celui des dieux.

Les initiatives de Prométhée provoquèrent la colère de Zeus, qui avait déjà une autre raison de lui en vouloir. Selon une tradition,

Prométhée avait déjà essayé plus tôt de duper le premier des dieux. Après avoir tué et dépecé un boeuf, il avait enveloppé dans sa peau d'une part la viande et d'autre part les os avec la graisse; puis il avait demandé à Zeus de choisir l'un des deux paquets. Bien que n'ignorant pas la fourberie de Prométhée, Zeus choisit les os, ce qui permit à Prométhée de donner la viande aux humains. C'est ainsi, dit-on, que naquit l'habitude des hommes de manger de la viande et de sacrifier aux dieux les graisses et les os des animaux.

Mais Zeus réservait une dure punition à Prométhée. Il le chassa au bout du monde, au Levant – comme il avait exilé Atlas au Couchant – et l'attacha à un poteau sur le Caucase. Chaque matin, un aigle déchiquetait sa chair et lui dévorait le foie, et chaque soir un nouveau foie se reformait, afin qu'il connût une douleur éternelle. Prométhée subit pendant trente ans ce supplice, jusqu'à ce qu'Héraclès le libérât en tuant l'aigle de ses flèches. Zeus ne punit pas seulement Prométhée, mais aussi le genre humain, qui avait osé accepter le feu et la connaissance, privilèges réservés jusqu'alors aux dieux. Il ordonna à Héphaïstos de prendre de la terre et de l'eau et de façonner une femme belle comme une déesse. Lorsque celle-ci fut prête, Athéna la para et lui apprit à tisser, Aphrodite lui offrit grâce et désir, les Charites (Grâces) et Peithô (la Persuasion) la couvrirent de rubans dorés et les Heures de fleurs printanières, tandis qu'Hermès insufflait dans son coeur des paroles perfides et mensongères. Zeus, après l'avoir baptisée du nom de Pandore (=tous les dons) parce qu'elle avait reçu

des présents de tous les dieux, l'envoya à Épiméthée. Ce dernier tomba sous le charme de sa beauté et la conduisit vers les hommes. C'est à cause de Pandore que l'humanité allait connaître toutes sortes de calamités, car celle-ci souleva le couvercle d'une jarre, d'où jaillirent tous les malheurs du monde. Seule l'espérance resta dans le vase que Pandore avait brusquement refermé. C'est ainsi que les hommes, qui avaient vécu jusqu'alors sans connaître ni maux, ni maladies, ni mort, furent condamnés au malheur éternel.

8. LE DÉLUGE DE DEUCALION

Les hommes, punis par les dieux, vivaient de manière misérable et étaient devenus eux-mêmes si méchants que Zeus décida de faire disparaître leur espèce de la terre. Il leur envoya ainsi un terrible déluge auquel personne ne pourrait échapper. Mais Prométhée, qui connaissait les projets de Zeus, parvint à avertir son fils Deucalion et ce dernier, avec sa femme Pyrrha, fille d'Épiméthée et de Pandore, construisit une arche équipée de tout le nécessaire, où il s'enferma. Soudain, les vents se mirent à souffler et la pluie tomba à verse; les fleuves et les mers enflèrent, inondant toute la terre, à l'exception des cimes de quelques hautes montagnes. Pendant neuf jours la tempête fit rage et emporta à la dérive Deucalion et Pyrrha, jusqu'à ce que le temps se calmât et que l'arche échouât sur le Parnasse, ou, selon les versions, sur le mont Orthys, sur le mont Athos ou encore sur l'Etna. Les seuls survivants étaient Deucalion et Pyrrha, qui, après avoir mis pied à terre, offrirent des sacrifices à Zeus en le remerciant de les avoir sauvés et en le suppliant de créer à nouveau des hommes. Le dieu entendit leurs prières et leur conseilla de cacher leur visage, de ramasser des pierres et de les jeter derrière eux sans regarder. Et effectivement, toutes les pierres jetées par Deucalion se transformèrent en hommes, tandis que les pierres de Pyrrha furent changées en femmes. L'espèce humaine fut ainsi sauvée et la terre ne tarda pas à se remplir d'hommes. Quant à Pyrrha et Deucalion, ils eurent eux-mêmes des enfants: Hellen, Amphictyon, Protogène, Mélanthia, Thuyia et Pandore. Leur fils aîné, Hellen, considéré par certains comme étant fils de Zeus, est l'ancêtre des Hellènes.

p. 18
Le mythe de Pandore a été interprété par le poète Hésiode comme un châtiment imposé par les dieux à la race humaine, puisque toutes les calamités renfermées dans sa boîte se répandirent dans le monde. Cependant, cette créature d'argile et d'eau, parée par les dieux, représenterait pour certains les forces génératrices de la terre elle-même, qui offre généreusement ses fruits aux hommes. Sur l'intérieur de cette coupe (kylix) sont représentés Athéna et Héphaïstos en train de parer Pandore, appelée ici Anésidora. (470-460 av. J.-C., British Museum).

LES DIEUX

La religion de la Grèce antique est fondée avant tout sur le polythéisme. Pour les Grecs de l'antiquité, les dieux dans leur ensemble représentaient un seul et unique concept, celui de la nature, sous toutes ses formes, tandis que chaque dieu séparément était relié à une ou plusieurs forces de cette nature. Le rôle des dieux n'était pas tant la création du monde que le maintien de son ordre et de son harmonie. Ainsi, chacun d'eux était doté de certains attributs ayant une nette signification symbolique: ils interprétaient tout phénomène difficile à expliquer et fonctionnaient comme gardiens de l'équilibre aussi bien de la nature que de la société.

Pour les Grecs, ces dieux étaient immortels, tout puissants et imposants. Ils pouvaient exercer un contrôle sur tous les êtres mortels dans tous les domaines de leur vie et déterminaient leur sort, leurs relations, leur naissance et leur mort. Ils ne constituaient toutefois pas quelque chose de lointain, ni d'inaccessible, mais quelque chose que l'homme pouvait aborder facilement, voir, entendre et même toucher. Dans leur ensemble, par leurs contradictions et leurs différences, ils se complétaient les uns les autres et incarnaient l'homme parfait. Un homme toutefois qui ne connaissait ni les privations, ni les interdictions de la vie, qui pouvait jouir de tout ce qui s'offrait à lui, qui pouvait se blesser sans souffrir, ni mourir, tomber effrénement amoureux, se fâcher et être jaloux sans devoir refouler ses sentiments, boire et s'enivrer, s'amuser et vivre avec ses créations, comme s'il était à la fois créateur et création. Les anciens Grecs attribuèrent ainsi à leurs dieux tous les privilèges dont ils auraient voulu eux-mêmes jouir, mais qu'ils ne pouvaient posséder en raison de leur nature humaine.

p. 21
Fragment de relief votif du sanctuaire d'Artémis à Brauron, dit «relief des dieux». Il représente Léto et Apollon debout, devant Zeus assis, tenant probablement son sceptre. (Ve-IVe s. av. J.-C., Musée de Brauron).

C'est sous cet angle qu'il faut comprendre l'anthropomorphisme des dieux de la Grèce antique. Le caractère humain des dieux ne rabaissait en aucun cas leur nature divine. Au contraire, les particularités que les hommes leur attribuaient fonctionnaient comme des modèles pour le comportement humain et constituaient les buts que les mortels s'étaient fixés. La ressemblance physique entre les hommes et les dieux servait, elle aussi, des buts semblables. Les figures divines idéalisées, comme se l'imaginaient les Grecs de l'antiquité, n'étaient que l'image que les hommes voulaient approcher. Cependant les dieux ne prenaient une forme humaine que lorsqu'ils apparaissaient aux mortels. Ainsi leur corps n'était-il pas indispensablement un corps "matériel", mais très probablement un champ d'énergie où ils puisaient des forces surnaturelles.

Chaque cité de la Grèce antique avait son propre panthéon, mais on retrouvait dans toute la Grèce les mêmes grandes divinités fondamentales, nées des besoins communs d'hommes de la

même race. Les premières sources écrites parlant des dieux remontent à la période mycénienne. Sur des tablettes d'argile inscrites en écriture Linéaire B, trouvées dans les palais de Mycènes, de Pylos et de Cnossos – datées de 1400-1200 av. J.-C. approximativement –, on a pu déchiffrer les noms de Zeus, de Poséidon, d'Arès, d'Hermès et de Dionysos. Mais le panthéon olympien proprement dit ne se constitua que vers le Xe-IXe s. av. J.-C. (période géométrique) et prédomina dans la conscience des Grecs grâce aux épopées d'Homère (Iliade, Odyssée), qui connurent un immense succès pendant toute l'antiquité. Lorsque les cités-états grecques furent créées, au VIIIe s. av. J.-C., les conceptions religieuses des Grecs évoluèrent et s'enrichirent de nouveaux éléments; c'est alors que furent aménagés les premiers lieux consacrés au culte des dieux. L'élaboration du système religieux de l'antiquité grecque fut achevée à la période archaïque et classique (VIe-Ve s.av. J.-C.), lorsque la civilisation grecque atteignit son apogée.

pp. 22-23
Fragment de la frise E. du trésor de Siphnos à Delphes représentant l'assemblée des dieux olympiens. On distingue, de gauche à droite: Arès, Aphrodite, Artémis, Apollon et Zeus (525 av. J.-C., Musée archéologique de Delphes).

LES DOUZE DIEUX DE L'OLYMPE

Parmi les divinités adorées par les Grecs de l'antiquité, les douze grands dieux qui habitaient sur l'Olympe, la plus haute montagne de la Grèce, tenaient une place à part. Le panthéon olympien, dans sa composition la plus courante, comprenait Zeus, Héra, Athéna, Poséidon, Apollon, Artémis, Déméter, Hermès, Aphrodite, Arès, Héphaïstos et Hestia. Dans certaines variations locales, quelques-uns de ces dieux étaient remplacés par Pluton, Dionysos, Héraclès et d'autres divinités locales de moindre importance.

Selon leurs qualités et leurs activités, les douze dieux – six hommes et six femmes – se regroupaient en six couples, liés par une relation amicale ou familiale: Zeus-Héra, Poséidon-Déméter, Apollon-Artémis, Hermès-Athéna, Arès-Aphrodite, Héphaïstos-Hestia.

Leur vie sur l'Olympe s'écoulait la plupart du temps de manière pacifique, dans un cadre à la fois idyllique et imposant. En ayant choisi pour demeure ce haut sommet, ils se trouvaient aux confins de la terre et du ciel et pouvaient ainsi surveiller toutes les créatures de l'univers. Leur principale occupation était tournée vers les hommes, qu'ils favorisaient ou persécutaient suivant leur humeur. Leur comportement était d'ailleurs analogue en ce qui concernait leurs rela-

p. 25
Fragment de la frise E. du Parthénon. Poséidon, Apollon et Artémis, entourés des autres dieux de l'Olympe, accueillent les Athéniens sur l'Acropole, lors de la fête des Panathénées (440 av. J.-C., musée de l'Acropole).

tions avec leurs semblables. Tantôt ils se disputaient violemment, tantôt, réconciliés, ils festoyaient gaiement ensemble, se délectant d'ambroisie et de nectar – la nourriture exclusive des dieux. Le premier entre tous était Zeus le tout-puissant, suivi des autres dans une hiérarchie approximative, où chacun d'eux avait sa propre sphère d'influence.

Quel que fût le pouvoir des douze dieux, aucun d'eux ne pouvait violer le serment sacré donné aux eaux du Styx. **Styx,** fille d'Océan et de Téthys, personnifiait le fleuve sacré des Enfers et avait été honorée par Zeus pour son appui lors de la Gigantomachie. Aussi les dieux prêtaient -ils serment à ses eaux. S' il leur arrivait de ne pas tenir leurs promesses, ils restaient dans le coma pendant une année et pendant neuf autres années ils n' avaient pas le droit de partici-

CRONOS - RHÉA

Iasion + Déméter	Hestia	Héra
Ploutos		

DIEUX

+ Héra	Arès, Hébè, Eileithyia, (Héphaïstos)
+ Métis	Athéna
+ Léto	Apollon, Artémis
+ Dioné	Aphrodite
+ Maïa	Hermès
+ Sémélé	Dionysos
+ Déméter	Perséphone
+ Astéria	Hécate
+ Hécate ou Carmé	Britomartis
+ Aïx ou Thymbris	Pan
+ Séléné	Hersé
+ Io	Epaphos
+ Eurynomé	Charites (Aglaé, Euphrosyne, Thalie)
+ Electre	Harmonie
+ Thémis	Moires (Clothô, Lachésis, Atropos Heures (Eunomie, Diké, Eirrèné)
+ Iphianassa	Endymion
+ Elara	Tityos
+ Mnémosyne	Muses (Clio, Euterpe, Thalie, Melpomène, Terpsichore, Érato Polymnie, Uranie, Calliope)

per aux assemblées et aux banquets avec leurs semblables.

Si les dieux prêtaient serment à Styx, les hommes, eux, devaient prêter serment «aux douze dieux». La punition, en cas de violation, était particulièrement cruelle, car les dieux olympiens constituaient entre autres le tribunal suprême qui jugeait les fautes des hommes. Et ils exigeaient un respect absolu, veillant à ce que les honneurs institués soient rendus de manière régulière. Les anciens Grecs adoraient chaque dieu séparément, mais aussi tous ensemble, comme l'indiquent les autels consacrés au Panthéon qu' ils érigeaient dans les endroits les plus centraux de leurs cités. L'«autel des Douze Dieux», sur l' Agora d' Athènes, marquait même le centre de la ville, puisque c' était le point de départ pour mesurer les distances.

Zeus **Hadès** **Poséidon + Amphitrite**

Triton

MORTELS

+ Pyrrha	Hellen (Hellènes)
+ Pandore	Graecos (Grecs)
+ Phtia	Achaios (Achéens)
+ Alcmène	Héraclès (Héraclides)
+ Ida	Courètes, Crès (Crétois)
+ Europe	Minos, Rhadamanthe, Sarpédon
+ Crétè	Car (Cariens)
+ Laodamie	Sarpédon (Lyciens)
+ Thracé	Bithynos (Thraces, Bithyniens)
+ Thuyia	Magnès, Macédon (Macédoniens, Magnésiens)
+ Electre	Dardanos
+ Isonoé	Orchoménos (Orchoméniens)
+ Jocaste	Trophonios
+ Maera	Locros (Locriens)
+ Antiopé	Amphion, Zéthos
+ Eurynomé	Asopos (Béotiens)
+ Iodama	Thébé (Thébains)
+ Aegina	Ajax (Aeginiens)
+ Euryméduse	Myrmidon (Myrmidons)
+ Sithnis	Mégaros (Mégariens)
+ Niobé	Argos (Argiens)
+ Danaé	Persée
+ Séléné	Némée (Néméens)
+ Callisto	Arcas (Arcadiens)
+ Taygète	Lacédémon (Lacédémoniens)
+ Léda	Hélène, Dioscures: Castor et Pollux

ZEUS

p. 28
Tête de statue en bronze de Zeus, à l' aspect sévère et imposant, comme il convient au plus grand des dieux de l' Olympe. (Trouvé dans le sanctuaire de Zeus à Olympie, 520-510 av. J.-C., Athènes, Musée national).

p. 29
Zeus tenant majestueusement son sceptre et son principal attribut, le foudre. (Détail d' une amphore panathénaïque, 480-470 av. J.-C., Musée d' Etat de Berlin).

Zeus, le premier des dieux olympiens, était fils de Rhéa et de Cronos, le cruel Titan qui dévorait ses enfants nouveaux-nés, par peur que l' un d' eux n' usurpât le pouvoir. Zeus parvint à échapper à ce supplice, puisque Rhéa donna à Cronos une pierre emmaillotée et cacha son fils dans une grotte du mont Aegéon, à Lycto, en Crète (voir CRONOS - RHÉA - ZEUS). Parvenu à l' âge adulte, Zeus se battit contre Cronos, qu' il vainquit; puis, après avoir libéré ses frères, il combattit les Titans qui ne l' avaient pas reconnu pour chef (voir TITANOMACHIE). Après sa victoire, il dut faire face aux terribles Géants, qu' il extermina avec l' aide de plusieurs dieux (voir GIGANTOMACHIE). Mais une nouvelle épreuve l' attendait, lorsque **Typhon,** le fils monstrueux de Tartare et de Gé, voulut anéantir le monde. Zeus ayant essayé de l' en empêcher, Typhon le lança, inanimé, dans un précipice. Grâce à l' intervention d' Hermès et d' Aegipan, le dieu reprit connaissance et put tuer l' horrible monstre.

Après tous ces succès, Zeus fut reconnu, à juste titre, maître du monde. Son pouvoir n' était toutefois ni incontrôlé, ni illimité. Son rôle consistait principalement à coordonner les activités des autres dieux et à exercer un contrôle sur les limites de leurs pouvoirs. Il était par ailleurs le garant de l' ordre aussi bien de la sphère divine qu' humaine. Les rois de la terre se considéraient comme ses descendants et portaient les titres *«issus de Zeus»* et *«élevés par Zeus».* Quand la royauté fut abolie, Zeus devint le protecteur de la cité, sous le nom de *Polieus* et *Poliouchos*. La défense des villes grecques se trouvait également sous sa protection, ce qui explique qu' il ait été adoré avec Athéna (déesse de l'art de la guerre) sous les surnoms de

Promachos et *Soter* (Sauveur). Il était également surnommé *Eleuthère* (Libérateur) parce qu' il accordait la liberté à ses protégés.

Zeus *olympien*, comme l' appelaient souvent les Grecs de l' antiquité, était le père des dieux et des hommes; il gouvernait le monde de son palais sur l' Olympe ou du ciel. C' est de lui que provenait la lumière céleste (*Ouranios, Aethérios*) et c' est lui qui réglait tous les phénomènes météorologiques. Il envoyait les vents (*Euaérios*), les nuages (*Néphélégérète*), la pluie (*Ombrios, Yétios*), les éclairs (*Kéraunios*) et le tonnerre (*Hypsibrémétès*). Ses activités étaient symbolisées par ses attributs: la foudre, mais aussi l' aigle, l'oiseau sacré, rapide comme l' éclair, qui vole très haut dans le ciel. Aussi les Grecs l'adoraient –ils au sommet de leurs montagnes, là où la terre rencontre le ciel (*Akraios*). Les phénomènes célestes, que Zeus lui-même contrôlait, constituaient des signes divins, susceptibles de leur donner des renseignements sur les événements à venir. D' ailleurs l'oracle de Dodone, l' un des plus importants de Grèce, était consacré à Zeus (voir ORACLES).

Zeus était aussi le maître tout puissant de la terre. Grâce à ses pluies, il fertilisait les champs, d'où ses surnoms de *Généthlios* (Procréateur) et de *Géorgos* (Cultivateur). C' est dans ce cadre qu 'il entretenait des relations avec les Enfers, le monde souterrain où germent les fruits de la terre, d' où ses surnoms de *Chthonios, Plousios* (qui apporte la richesse), *Meilichios* (qui adoucit le temps). C' est en l'honneur de Zeus Meilichios qu' avaient lieu les **Diasia,** fêtes au cours desquelles on brûlait des porcs, symboles de fécondité et de productivité.

Outre le ciel et la terre, Zeus protégeait également la demeure des mortels. Dans chaque maison on trouvait un autel consacré au culte de *Zeus Erkeios* («erkos = clôture de la maison), garant de la sérénité familiale (*Ephestios*), des biens de chaque foyer (*Ktésios*) et de l' institution du mariage (*Gamélios*). Parallèlement, Zeus veillait au maintien de l' amitié entre les hommes (*Philios*) et à l' octroi d' aide à quiconque en avait besoin, notamment aux suppliants (*Ikésios*) et aux étrangers (*Xénios*). Il surveillait les

p. 30
Europe, fille d' Agénor, roi de Phénicie, (voir p. 188) était l' une des mortelles qui enflamma le coeur de Zeus. Le dieu se métamorphosa en taureau et s' approcha de la belle jeune fille, qui n' eut pas peur de monter sur son dos et de se laisser conduire en Crète, où ils s' unirent à l' ombre d' un platane (Rome, Villa Giulia).

hommes afin qu' ils ne se parjurent pas (*Orkeios*) et rendait la justice en cas d' infractions. Les punitions qu' il imposait étaient très dures, mais il pardonnait les fautes lorsque les mortels se repentissaient et priaient. C' est pour cela que les Grecs ne manquaient jamais d' honorer le premier des dieux par des fêtes et des jeux athlétiques organisés dans des sanctuaires. C' est évidemment à Zeus qu' étaient consacrées deux des quatre grandes fêtes panhelléniques: les jeux Olympiques et les jeux Néméens (voir JEUX PANHÉLLENIQUES).

Les mythes où Zeus tient un rôle prépondérant sont innombrables et particulièrement impressionnants. Les plus connus sont

p. 31
Zeus et Héra, assis sur leur trônes dans l' Olympe, reçoivent des offrandes d' Iris, la messagère des dieux, en présence d' Athéna. Zeus tient dans ses mains son foudre et son sceptre couronné d' un aigle. Son trône est superbement décoré de sphinx et d' athlètes. (Amphore à figures rouges, 500 av. J.-C., Collection archéologique de Munich).

p. 32
Groupe en terre cuite représentant Zeus enlevant Ganymède. Le dieu, tombé amoureux du beau jeune homme, le transporta sur l' Olympe et en fit l' échanson des dieux. Afin d' apaiser son père, le roi Troas, il fit envoyer à celui-ci un pampre d' or confectionné par Héphaïstos. (480 av. J.-C., Musée archéologique d' Olympie).

ceux qui parlent de ses célèbres amours, qui provoquent l' admiration et font naître de nombreuses questions, notamment quand elles vont à l' encontre de l' éthique moderne. Ces récits mythologiques peuvent cependant être facilement compris, si on tient compte de leur contenu symbolique. Par le biais des rapports amoureux du dieu suprême, les Grecs de l' antiquité attribuaient à un être supérieur la naissance de chaque élément naturel, de chaque loi et de chaque puissance spirituelle, la création des règles qui régissent la société, ainsi que leur propre origine! Ainsi, selon la tradition, Zeus se serait uni à Métis, personnalisation de la sagesse ou de la science, qui enfanta Athéna. Il eut ensuite des relations amoureuses avec Thémis, symbole de la Justice et de l' ordre moral, qui mit au monde les Heures, c' est-à-dire les saisons de l' année, et les Moires (Parques), qui déterminent le sort de chaque être. De ses rapports avec Mnémosyne naquirent les Neuf Muses, sources de toute inspiration poétique, tandis que de ses étreintes avec Déméter, déesse de la terre, naquit Perséphone, symbole de la renaissance et de la fertilité. Léto lui donna Apollon et Artémis, c' est-à-dire les rayons du soleil et de la lune, Eurynomé les Charites (Grâces), qui firent découvrir aux hommes les beautés de la vie. Zeus eut également d' innombrables aventures amoureuses avec des nymphes et des héroïnes, qui donnèrent naissance aux chefs des différentes tribus grecques. Ainsi, Hellen, père des Hellènes, Lacédémon (Lacédémoniens), Argos (Argiens), Macédon (Macédoniens), Crès (ancêtre des Crétois) naquirent respectivement de ses amours avec Pyrrha, Taygète, Niobé, Thuyia et Ida (voir tableau II). La création de ce genre de mythes est due entre autres au désir des classes aristocratiques du début des temps historiques de faire remonter leur origine au plus grand dieu de leur race, pour avoir le sentiment d' être ses authentiques descendants.

Le contenu symbolique des récits mythologiques se cachait évidemment derrière une foule d' histoires amusantes qui trahissent l' esprit imaginatif des Grecs. Ainsi, les textes des auteurs anciens présentent Héra comme étant la compagne officielle de Zeus, alors qu' elle était aussi sa soeur, et ils décrivent la vie du couple divin comme s' il s' agissait d' une famille patriarcale commune. Zeus trompait continuellement sa femme et inventait toutes sortes de stratagèmes pour aller retrouver ses maîtresses. Certaines de ses métamorphoses sont célèbres: il se présente à Europe sous l' aspect d' un taureau, à Léda sous celui d' un cygne, à Danaë comme une pluie d' or et à Antiope comme un satyre. Et lorsqu' un jour il fut enflammé de désir pour le jeune **Ganymède,** il prit l' aspect d' un aigle pour l' enlever et le transporter sur l' Olympe, où il le nomma échanson des dieux. Face à ses aventures, Héra, folle de jalousie, tentait par tous les moyens de mettre un obstacle à ses infidélités ou à s' en venger. Mais le grand dieu, bien que régulateur de l' univers, ne pouvait s' opposer à sa destinée (Moira), qui était d' offrir à l' humanité les riches fruits de ses amours.

p. 33
Statuette en bronze provenant du sanctuaire de Dodone et représentant Zeus s' apprêtant à lancer son foudre (470 av. J.-C., Athènes, Musée national).

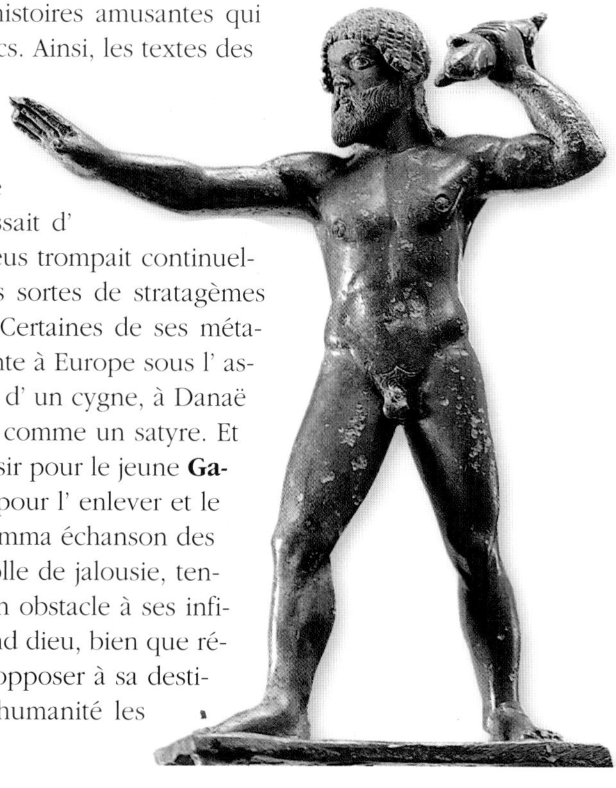

HÉRA

Héra était la seule parmi les déesses de l'Olympe à avoir l'honneur de se trouver aux côtés de Zeus en tant que compagne et épouse légale. Comme son époux, elle était, elle aussi, fille de Cronos et de Rhéa. Selon une serait née à Samos. En effet, les habitants de cette île croyaient que la grande déesse avait vu le jour sous un aulne, au bord du fleuve Imbrassos, à l'endroit où l'on construisit plus tard l'Héraion, son fameux sanctuaire.

Un autre Héraion, le plus grand des sanctuaires consacrés à Héra, se trouvait à Argos et était relié aux amours de la déesse et de Zeus. On raconte que, bien avant de devenir les maîtres de l'Olympe, le frère et la soeur s'aimaient déjà et avaient, dès leur plus jeune âge, des rendez - vous amoureux à l'insu de leurs parents. Selon une autre version, c'est sur le mont Kokkygas (= coucou), dans les environs d'Argos, que Zeus aurait couché pour la première fois avec Héra. C'est là qu'un jour il la vit seule, la désira et provoqua immédiatement une averse. S'étant métamorphosé en coucou, il alla chercher refuge dans ses bras. Héra eut pitié du pauvre oiseau et le couvrit de sa robe. Zeus reprit alors sa véritable apparence et s'unit à elle après lui avoir promis de l'épouser. Les Argiens érigèrent à cet endroit un temple d'Héra et sur le sceptre de sa statue ils sculptèrent un coucou, l'oiseau sacré qui annonce le printemps et le réveil de la nature.

L'union sacrée des deux dieux a été interprétée comme étant le symbole de la fécondité de la terre et c'est d'ailleurs dans ce sens qu'elle est décrite par Homère dans l'Iliade (*XIV 152 - 353*): "*Il dit et le fils de Cronos prit sa femme dans ses bras. Et, sous eux la terre divine fit apparaître doux gazon, trèfle tendre et lys touffus qui les protégeaient du sol. C'est là quis s'étendirent, enveloppés d'un nuage d'or, d'où per-*

p. 34
Héra attaquant les géants. (Détail de la frise N. du trésor de Siphnos à Delphes, 525 av. J.-C., musée archéologique de Delphes).

p. 35
Tête de statue d' Héra, trouvée dans l' Héraion d' Argos et attribuée à l'atelier de sculpture de Polyclète (420 av. J.-C., Athènes, Musée national).

laient des gouttes de rosée brillantes."

Par son union avec le plus grand des dieux de l'Olympe, Héra reçut tous les attributs de son époux, mais sous leur aspect féminin. Ainsi, dans l' antiquité, elle était, elle aussi, adorée comme *Akraia* et comme *Gamélia*, c' est-à-dire protectrice du mariage et de la vie conjugale. Et comme pour les anciens Grecs la vocation suprême de la femme était de mettre au monde des enfants légitimes, Héra était souvent surnommée *Téleia* (parfaite), parce qu' en accomplissant cette vocation, elle s' était pleinement réalisée. Avant de se marier, les jeunes couples offraient d' ailleurs des sacrifices à Héra Téleia et à Zeus Téleios. Héra représentait cependant toutes les phases de la vie des femmes; les jeunes filles l' honoraient comme *Parthénos* (Vierge), les femmes mariées comme *Téleia* (Parfaite) et les veuves comme *Cheira* (Veuve) –selon la légende, Héra passa par le stade du veuvage en restant éloignée de Zeus pendant un certain temps. Les enfants légitimes du couple divin étaient Arès, Hébè et **Eileithyia.** Certains auteurs mentionnent également Héphaïstos, qui, pour d' autres, serait né d' Héra par parthénogénèse, lorsqu' Athéna naquit de la tête de Zeus. Ce n' était toutefois pas par hasard que les deux grandes divinités du panthéon grec étaient les parents d' Hébè, déesse qui symbolisait l' éternelle jeunesse, et d' Eileithyia, qui présidait aux accouchements et assurait donc la continuité de la vie. Héra ne s' occupait pas seulement de ses propres enfants, mais veilla également sur l' éducation de Thétis, de l' hydre de Lerne, du lion de Némée et du dragon qui gardait les pommes du jardin des Hespérides. Héraclès avait tété son lait –contre sa volonté– et c' est des gouttes qui tombèrent quand elle voulut l' éloigner, que serait née la Galaxie.

De tous les dieux de l' Olympe, Héra était la plus imposante. Assise sur un trône en or, elle inspirait le respect aux autres dieux, qui se levaient à sa vue et la traitaient comme une reine. Comme c' était le cas avec Zeus, tout l' Olympe était en émoi lorsque la déesse se fâchait. Elle ne cédait que devant son tout-puissant époux, bien qu' elle ne pût jamais lui pardonner ses infidélités.

Les disputes du couple divin dégénéraient sou-

p. 36
Grosse tête provenant vraisemblablement de la statue de culte d' Héra de l' Héraion d' Olympie (600 av. J.-C., musée archéologique d' Olympie).

vent en bagarres d' une extrême violence. La colère d' Héra avait le pouvoir d' ébranler la voûte céleste, exploit qui, selon certains auteurs, était dû à la nature guerrière de la déesse, ce qui expliquerait d' autre part qu' elle ait donné le jour à Arès, dieu de la guerre.

Rancunière envers son mari, Héra ne manquait pas non plus de s' acharner contre les maîtresses et les enfants illégitimes de celuici. De nombreux héros de la mythologie furent les cibles de sa fureur vindicative, comme Héraclès, Léto, Io, Sémélé, Ino, Dionysos, etc. Elle faisait toutefois preuve du même zèle pour protéger ses fidèles et ceux qui avaient subi des injustices, comme Thétis, Jason et Achille. Elle éprouvait une sympathie particulière pour la ville d' Argos, où elle était probablement née, et, pendant la guerre de Troie, elle soutint de toutes ses forces les Grecs, mettant souvent sa propre vie en danger.

p. 37
Kylix à figures rouges avec représentation de la Gigantomachie. On distingue, à droite, Héra, revêtue d' habits hiératiques et coiffée d' une couronne, blessant un géant d' un coup de javelot. Derrière elle, Apollon se bat nu, une couronne sur la tête, armé d' une épée et d' un arc; à gauche, Arès, protégé par un casque et un bouclier, jette sa lance sur un adversaire (420-400 av. J.-C., Berlin).

ATHÉNA

p. 38
Bouclier en bronze d' Olympie, décoré d' une tête de la Gorgone, monstre terrible décapité par Persée (voir p. 216) ou par Athéna elle-même, au cours de la Gigantomachie. La tête de la Gorgone sur l' égide de la déesse semait la terreur parmi les adversaires de cette dernière (VIe s. av. J.-C., musée archéologique d' Olympie).

p. 39
Zeus, assis sur son trône, engendre Athéna, qui jaillit armée de sa tête. Derrière lui se trouvent Poséidon et une déesse inconnue, tandis que devant lui on remarque Eileithyia, déesse des accouchements, et Arès. Sur le trône on aperçoit une chouette, l' oiseau qui symbolisait la sagesse de la déesse. (Amphore à figures noires, 550-540 av. J.-C., Musée du Louvre).

Pour les Grecs de l' antiquité, Athéna, l' une des déesses olympiennes les plus illustres, était la personnalisation de la sagesse et de l' adresse, qualités révélées par la manière dont est présentée sa naissance. Selon la légende, Zeus s' unit, au cours de la Gigantomachie, à Métis, fille d' Océanos et de Téthys, qui cachait en elle toute la sagesse du monde. Lorsque celle-ci fut enceinte, une prophétie prédit que la fille qu' elle mettrait au monde enfanterait à son tour un fils qui usurperait le pouvoir de Zeus. Ce dernier, effrayé, avala Métis tout entière et, neuf mois plus tard, ressentit des maux de tête épouvantables. Il demanda alors à Héphaïstos (ou, selon la version, à Prométhée) de lui ouvrir la tête avec une hache. Sa demande à peine exaucée, on vit apparaître Athéna en armes poussant des cris de guerre. Immédiatement après sa naissance, la déesse prit part à la Gigantomachie et apporta une aide efficace à son père en tuant les Géants Pallas et Encélade.

Le fait qu' Athéna soit née de la tête de Zeus et ait été privée de soins maternels, laisse entendre que ses qualités étaient plus masculines que féminines. Son caractère originel était principalement guerrier, puisqu' elle était venue au monde tout armée, prête à se battre. Elle était équipée d' un casque, d' une lance et de l' égide – bouclier en peau de chèvre, don d' Amalthée à Zeus, que seule Athéna avait le droit d'utiliser. Sur l' égide figurait le gorgoneion, la tête de la Gorgone Méduse, qui avait le pouvoir de pétrifier quiconque la regardait et qui avait été décapitée par Athéna ou par Persée, avec l' aide de la déesse (voir Danaë-Persée). Athéna était également la seule à avoir le droit de pénétrer dans l' arsenal de son père et même d'utiliser sa foudre.

L' essence guerrière d' Athéna, qui était aussi adorée comme *Areia*, différait cependant du caractère d' Arès, le dieu de la guerre. Ce dernier personnalisait la bataille désordonnée, la violence de la guerre, tandis qu' Athéna était censée enseigner l' art et les règles de la guerre, la bataille rangée. Ce qui explique que ce frère et cette soeur nés du même père soient souvent représentés par les auteurs anciens en train de s' affronter, tout particulièrement pendant la guerre de Troie. Le farouche Arès, qui avait pris le parti des Troyens, fut blessé à plusieurs reprises par Athéna, qui soutenait les Grecs et, avec Héra, protégeait avec courage et générosité ses chers Achéens. C' est ainsi que, lors de situations critiques, elle apporta son soutien à Ménélas, à Diomède, à Achille, à Agamemnon et à Ulysse. C' est elle qui avait donné à ce dernier l' idée du cheval de Troie, n' hésitant pas à doter le héros d'une intelligence et d' une ingéniosité égales aux siennes. Tout au long de son périlleux voyage de retour à Ithaque, Athéna resta à ses côtés pour lui venir en aide dans les circonstances difficiles. La déesse éprouvait aussi une affection particulière pour les descendants d' Agamemnon. Quand Oreste tua sa mère Clytemnestre pour venger l' assassinat de son père Agamemnon, c' est elle qui prit sa défense devant les juges et le fit échapper aux Erinyes qui le pourchassaient. Mais bien d' autres héros eurent la chance de jouir de sa protection, comme Persée, les Argonautes, Bellérophon, Tydée et Héraclès, son grand préféré. L' aide qu' elle offrait par ailleurs généreusement à certaines personnes, mais aussi à des villes entières, lui valut le surnom de *Soteira* (Salvatrice).

Une des autres épithètes accolées au nom d' Athéna était celle de **Promachos,** qui se rapportait à la protection qu' elle offrait à l' heure de la bataille. Les Athéniens croyaient même que pendant les guerres médiques, au début du Ve s. av. J.-C., c'était elle qui leur avait donné la victoire; c' est pour cette raison qu' ils l' appelaient *Athéna Niké* (Victoire) et qu' ils lui avaient consacré le temple homonyme qui se dresse aujourd'hui encore sur l' Acropole. Ils érigèrent également sur le Rocher Sacré une gigantesque statue d' Athéna Promachos, oeuvre du sculpteur Phidias. On raconte que la pointe de son javelot et la crête de son casque

p. 40
Athéna, pieds nus, revêtue d' un péplos dorien et coiffée d' un casque, s'appuie mélancoliquement sur sa lance, devant une stèle (Relief de l'Athéna pensive, 460 av. J.-C., musée de l' Acropole).

p. 41
Statuette en bronze d' Athéna Promachos, offrande de l' Athénienne Mélèso découverte sur l' Acropole. La déesse porte un manteau, couvert en partie par son égide, et un casque dont le cimier repose sur un cou de cygne. Elle devait tenir un bouclier de sa main gauche et s' apprêter à jeter sa lance de la main droite (470 av. J.-C., Athènes, Musée National).

étaient visibles depuis la mer, près du cap Sounion, si bien que la statue dominait l' Attique tout entière.

Les Grecs utilisaient aussi très souvent un autre surnom ayant trait au caractère guerrier de la déesse, celui d' Athéna *Hippia*. Selon la légende, Athéna aurait été la première à enseigner aux hommes l' art d' apprivoiser les chevaux. Elle aurait même donné des brides d' or à Bellérophon pour qu' il dompte Pégase, le cheval ailé (*Athéna Chalinitis*). Il faut remarquer à ce propos que Poséidon, lui aussi, était surnommé Hippios (voir Poséidon). En domptant le cheval sauvage, Athéna avait acquis, dans la conscience des Grecs, un attribut de plus. Elle était devenue la déesse de l' inventivité et de l' habileté et personnifiait le concept de la supériorité de l'esprit sur la force physique et la violence de la guerre. C' était elle qui était responsable du développement de tout art et de toute technique pouvant faciliter la vie paisible des hommes; et c' est pour cette raison qu' elle reçut l' épithète «*Ergané*». Les architectes, les sculpteurs et les peintres l' honoraient comme leur déesse tutélaire, tandis que les musiciens lui attribuaient l' invention de la flûte et pensaient qu' elle avait été la première à danser la *pyrrhique* (danse guerrière) lorsque la Gigantomachie se termina par la victoire des dieux. C' est d' ailleurs Athéna qui avait fabriqué les premières armes et outils de l' homme et avait enseigné l' art de la construction navale (aux Argonautes), le labourage des champs avec des boeufs, l' emploi du tour pour la fabrication des vases en argile, la métallurgie (*Chalkioikos*) et l' orfèvrerie. Son contact avec les arts du feu l' avait rapprochée d'Héphaïstos, avec lequel elle était adorée dans l' Héphaïsteion de l' Agora d'Athènes.

Sa plus grande invention fut néanmoins l' art du tissage. Pendant toute l'antiquité, elle eut la réputation d' être une artisane exceptionnellement douée, qui tissait et brodait des vêtements admirables pour les dieux et les héros. Elle enseigna son art pour la première fois à Pandore, qui le transmit aux femmes. C' est de ce talent qu' est inspirée la légende d' **Arachné,** habile tisseuse qui osa se comparer à Athéna et la défier. Métamorphosée en

p. 42
Pendant la guerre de Troie, Athéna apporta une aide précieuse aux Grecs en protégeant ses héros bien-aimés des flèches des Troyens. Elle est représentée ici assistant Ajax lors de son duel avec Hector (Kylix à figures rouges, 480 av. J.-C., Musée du Louvre).

p. 43
Tête d' une statue en terre cuite d' Athéna, découverte à Olympie. La déesse devait porter un casque, qui a disparu. On remarquera sa belle coiffure et l' intense spiritualité de son expression (490 av. J.-C., musée archéologique d' Olympie).

araignée par la déesse, elle fut condamnée à devoir tisser sans relâche, ses toiles étant continuellement détruites.

Le symbole du caractère pacifique d' Athéna était l' olivier, l' arbre dont elle avait fait don aux Athéniens, tout en leur apprenant à le cultiver. Selon la légende, Athéna et Poséidon se disputèrent un jour la protection de la ville d' Athènes. Les dieux leur conseillèrent alors d' offrir chacun à la cité un présent qui serait déterminant pour le choix du vainqueur. Arrivés sur l' Acropole, Poséidon frappa de son trident le sol d' où jaillit de l' eau salée, tandis qu' Athéna frappa de son pied la terre, d' où sortit un olivier, arbre jusqu' alors inconnu. C' est ainsi qu' Athènes fut adjugée à Athéna, dont elle prit le nom. L' olivier sacré se dressa pendant des siècles sur le Rocher Sacré et, quand il fut brûlé par les Perses en 480 av. J.-C., il repoussa immédiatement. En souvenir de cet événement, un nouvel olivier a été planté aujourd' hui à l' ouest de l' Erechthéion.

p. 45
Statuette de l' Athéna dite du Varvakeion. Copie miniature de la statue chryséléphantine d' Athéna Parthénos sculptée par Phidias pour le Parthénon. La statue, qui devait mesurer près de 11,5 m de haut, représentait la déesse debout, portant l' égide avec le gorgoneion et un casque ornementé de griffons entourant un sphinx. D' une main elle tenait une petite Victoire et de l' autre sa lance. A ses pieds, on pouvait voir son bouclier sur les bords duquel rampait un serpent. Sur la base de la statue figurait la naissance de Pandore, tandis que le bouclier était orné de scènes du combat des Amazones et de la Gigantomachie (IIe et IIIe s. apr. J.-C., Athènes, Musée national).

Après la querelle entre Poséidon et Athéna, Athènes devint à jamais la ville protégée de la déesse. On raconte même que son premier roi, **Erechthée,** aurait été élevé par Athéna et que c' est pour cette raison qu' il était adoré avec elle dans l' un des temples les plus importants de l' Acropole: l' Erechthéion. Cet édifice était avant tout dédié à Athéna Polias, c' est-à-dire à la déesse tutélaire d' Athènes. Il renfermait le xoanon (statue cultuelle en bois) de la déesse, le fameux **Palladion,** qui, selon la légende, serait tombé du ciel. Athéna avait également élevé un autre ancien roi d'Athènes, **Erichthonios,** né du sperme d' Héphaïstos qui féconda la terre attique, lorsqu' Athéna repoussa ses avances et réussit à s' enfuir. La déesse offrit à ce fils-roi le sang de Gorgone qui lui permettrait de préparer des remèdes pour guérir les maladies, mais aussi des poisons pour supprimer des vies.

Le culte d' Athéna ayant donc une importance particulière pour Athènes, les habitants dédièrent à leur déesse le plus merveilleux monument de tous les temps: le Parthénon, qui domine aujourd' hui encore la mégapole moderne. Ce temple imposant, conçu par les architectes Ictinos et Callicratès et décoré par le célèbre sculpteur Phidias, était consacré à *Athéna Parthénos*, surnommée ainsi parce qu' elle «*se tient à l' écart de la couche de l' hyménée et reste indifférente au désir de l'amour*» (Hymne homérique).Comme la déesse n' avait en fait pas de mère, elle ne connaissait rien de l' amour, du mariage et de la maternité et garda éternellement sa

virginité. Le surnom de *Pallas*, qui lui est également donné et qui provient du mot «pallax» (= jeune fille ou jeune garçon) exprime précisément la jeunesse éternelle.

Les Athéniens organisaient en l' honneur de leur déesse tutélaire, Athéna Polias, la plus grande fête de leur ville, les **Panathénées,** instituées, selon la légende, par Erichthonios. La fête fut réorganisée en 566/5 av. J.-C. par le tyran Pisistrate et divisée en Petites et Grandes Panathénées. Les Grandes Panathénées, célébrées tous les quatre ans au mois d' Hécatombaion (fin de juillet), étaient particulièrement solennelles et impressionnantes. Les premiers jours étaient consacrés aux jeux athlétiques, qui comprenaient des courses de chevaux et de chars, des épreuves de lutte, de pugilat, de pancrace, de saut en hauteur et en longueur, de lancer de javelot et de disque, des courses à pied et des courses aux flambeaux. Suivaient des concours de déclamation, de musique et aussi de danse, où était exécutée la fameuse pyrrhique dansée pour la première fois par Athéna. Les vainqueurs remportaient les célèbres amphores panathénaïques, grands vases richement décorés, remplis d' huile, qui leur rapportaient un gain appréciable.

La dernière journée des Panathénées était la plus impressionnante, puisque le peuple athénien tout enter prenait part à la somptueuse procession qui montait jusqu' à l' Acropole pour remettre au xoanon (statue de bois) d' Athéna une nouvelle tunique: le péplos. Le cortège partait de la région du Céramique, du bâtiment appelé Pompéion. Dans la cour de celui-ci, les Athéniens avaient placé un bateau mobile, au mât duquel ils pendaient chaque année un nouveau péplos brodé de scènes de la Gigantomachie. Le bateau, escorté de tous les Athéniens, traversait l'Agora en suivant le chemin des Panathénées, puis gravissait le rocher de l'Acropole, où les citoyens allaient remettre le péplos au xoanon d' Athéna, en présence des archontes de la cité. La cérémonie se terminait par de nombreux sacrifices et des festins auxquels prenaient part tous les habitants d' Athènes, qui honoraient de cette manière leur déesse bien-aimée. La procession des Panathénées était un événement si important de la vie athénienne que Phidias l' immortalisa à jamais sur la frise ionique du Parthénon. C' est par ailleurs à cet illustre sculpteur qu' était due l' extraordinaire statue chryséléphantine d' Athéna Parthénos, qui se dressait à l' intérieur du temple et était considérée comme l' un des chefs d' oeuvre de l' antiquité.

p. 47
Fragment de la frise ionique N. du Parthénon. Scène de la procession des Panathénées représentant des jeunes gens portant des hydries remplies d'eau (440 av. J.-C., musée de l' Acropole).

POSÉIDON

Poséidon, de même que Zeus, était fils de Cronos et de Rhéa. Selon une tradition, quand il naquit, Rhéa le cacha dans une écurie et présenta à Cronos un mulet, que celui-ci dévora, pensant que c' était son fils. Le nouveau-né échappa ainsi aux habitudes barbares de son père et l' on raconte qu' il aurait été élevé à Rhodes par les Telchines, les premiers habitants de l' île. Devenu adulte, il prit part, aux côtés de Zeus, à la Titanomachie et reçut en cadeau des Cyclopes son fameux trident. A la fin de la guerre, c' est lui qui enferma les Titans dans le Tartare et devint le garant de l'ordre. Sa participation à la Gigantomachie, aux côtés des dieux de l' Olympe, fut également capitale.

Lorsque tous ces obstacles eurent été surmontés et que les nouveaux dieux supplantèrent les anciens, les fils de Cronos –Zeus, Poséidon et Hadès– se partagèrent la domination du monde. Le ciel échut à Zeus, la mer à Poséidon et le monde souterrain à Hadès, tandis que la terre fut divisée en trois parties. Poséidon avait ainsi deux palais: l' un sur l' Olympe et l' autre au fond de la mer. Sa demeure marine, qui se trouvait, selon une description d' Homère, près d' Aigès, était resplendissante, tout en or.

C' était là qu' il vivait avec son épouse légale, Amphitrite. Le mythe raconte qu' Amphitrite avait tout d' abord essayé d' échapper aux avances du dieu et s' était cachée dans la mer, dans le pays du légendaire Atlas. Poséidon, inconsolable, chargea un dauphin de la retrouver; celui-ci, l' ayant découverte, la persuada de le suivre et la ramena auprès du dieu. C' est depuis lors que le dauphin devint l' un de ses animaux sacrés et donna son nom à la constellation du Dauphin.

Poséidon était donc considéré par les Grecs de l' antiquité comme étant le dieu de la mer, capable de maintenir son calme ou de provoquer de terribles tempêtes, faisant ainsi disparaître ceux qui lui avaient manqué de respect. Les artistes le représentaient souvent voyageant sur son char doré, sur la crête des vagues, entouré de dauphins et d' animaux marins. Mais il avait très souvent un aspect farouche, occupé comme il l' était à agi-

p. 49
Statue en bronze de Poséidon (ou de Zeus?) trouvée dans la mer, au large du cap Artémission. Le dieu, représenté au moment où il s' apprête à lancer son trident, impressionne par son expression sévère et sa force de concentration (460 av. J.-C., Athènes, Musée national).

ter la mer de son trident, sans la moindre pitié pour les marins. C' est lui qui pourchassa impitoyablement Ulysse à la fin de la guerre de Troie, laissant les flots déchaînés l' emporter à la dérive, parce qu' il avait osé aveugler son fils, le Cyclope Polyphème. Il réserva d' ailleurs un dur sort à plus d' un Grec qui avait combattu à Troie. Pendant les hostilités, il s' était engagé avec fougue aux côtés des Grecs, parce que les Troyens s' étaient mal comportés envers lui quand ils posaient les fondations de leur ville. Il ne pouvait cependant pas supporter de voir les Grecs vainqueurs détruire Troie et persécuter ses habitants. C' est pourquoi il les jeta dans la mer en furie, afin qu' ils ne puissent pas se réjouir totalement de leur victoire. Grâce à sa capacité de protéger tout ce qui touchait au monde marin, Poséidon avait reçu les épithètes de: *Enalios, Thalassios, Pélagios, Pontios, Pontocratoras, Isthmios et Porthmios.* C' est pour cette raison que ses sanctuaires les plus importants étaient érigés sur des promontoires, comme à Sounion ou au cap Matapan, ou bien dans des régions côtières comme Isthmia, près de l' Isthme de Corinthe, où étaient célébrée l' une des plus grandes fêtes panhelléniques (voir JEUX PANHELLÉNIQUES).

Toutefois, en des temps reculés, Poséidon jouissait d' un champ d' action plus étendu. C' était sous son contrôle que se trouvaient les activités reliées à la terre et à ses forces. C' était à ses colères que les Grecs attribuaient les tremblements de terre destructeurs, si fréquents dans leur pays (*Gaiéochos, Seisichthon* = celui qui ébranle la terre). Evidemment, le dieu qui provoquait les séismes pouvait aussi les arrêter et se porter garant de la stabilité de la terre et de la sécurité des constructions. C' est ainsi qu' il était aussi adoré sous les épithètes d' *Asphaleios* (qui donne la sécurité) et de *Thémélios* (poseur de fondations). Poséidon était également responsable de beaucoup d' autres phénomènes géologiques. Il avait le pouvoir de créer des montagnes, des îles, des vallées, des détroits, etc, mais aussi de provoquer des failles et des inondations. L' île de Nissyros émergea des eaux lorsque le dieu écrasa le Géant Polybôte avec un rocher de l' île de Cos. C' est de la même manière qu' il fit l' Eubée, Chypre, la Sardaigne, tandis que Rhodes naquit de ses amours avec Aphrodite ou avec Halia, soeur des Telchines. La légendaire **Atlantide** fut habitée, dit-on, sur son initiative, quand il s' unit à Clitô, qui mit au monde cinq couples de jumeaux. Il nomma roi son premier-né, Atlas, qui assura aux habitants richesses et bonnes lois. Poséidon aurait

p. 51
Statue en marbre de Poséidon proveant du sanctuaire de l' île de Milo. Le dieu de la mer brandit son trident de la main droite tout en s' arc-boutant vers la droite sur un appui en forme de dauphin (130 av. J.-C., Athènes, Musée national).

aussi été à l' origine de la ville d' Orchomène en couchant avec la fille d' Eole, Chryssogoné ou Tritogénia, et en engendrant Minyas. Parmi ses autres enfants, il faut également citer Boéotos, Delphos, Pélias, roi d'Iolcos, Nélée, fondateur de Pylos, Ténaros, Eleios, Nauplios, Phaeax, ancêtre des Phéaciens, Chios, qui donna son nom à l' île de Chio, Abdéros et Péonas, le premier des Péoniens. Ses forces incontrôlables et les catastrophes qu' il pouvait provoquer sont décrites dans une série de mythes qui le présentent comme étant le père d'innombrables monstres et êtres terribles, capables de torturer, de violer, de dévaliser et de tuer (voir Egée-Thésée). Mais, outre les chefs de tribus et fondateurs de villes déjà mentionnés, il engendra aussi plusieurs grands héros de la mythologie grecque. Il aurait été le père de Protée, d' Orion, de Thésée, de Despoina (fille de Déméter, adorée notamment en Arcadie) et même d' Athéna.

Selon une tradition thessalienne, c' est Poséidon qui aurait donné la vie au premier cheval. Ses liens avec cet animal étaient par ailleurs connus dans toute la Grèce, où il était adoré sous l' épithète de *Hippios*. La légende raconte qu' ayant voulu un jour s'unir à Déméter, celle-ci se métamorphosa en jument pour lui échapper. Poséidon se transforma alors en étalon et de leur accouplement naquit le cheval Arion. Pégase, le cheval ailé, était, quant à lui, fils de Poséidon et de Méduse. Un autre animal étroitement relié au dieu était le taureau, que l' on retrouve dans toute une série de légendes. Ainsi, lorsque Minos devint roi de Crète, Poséidon fit jaillir de l' écume de la mer un superbe taureau blanc, en signe de bénédiction. Minos ayant toutefois refusé de lui sacrifier l' animal, le dieu condamna Pasiphaë, épouse du roi, à tomber amoureuse du taureau et à mettre au monde le Minotaure. Après son union avec Pasiphaë, le taureau, devenu fou furieux, sema la terreur en Crète et en Attique, où il fut tué par Thésée. Les liens de Poséidon avec ces deux animaux révèlent une fois de plus la fougue et la violence que les Grecs lui attribuaient, tout au moins lorsque son culte commença à se propager, avant même qu' il ne fût considéré avant tout comme le dieu de la mer.

APOLLON

p. 52
Coupe à fond blanc du sanctuaire de Delphes, représentant Apollon en train de faire des libations. Assis sur un char, le front ceint de laurier ou de myrte, il tient d' une main sa lyre et de l' autre une phiale d' où coule le vin. Devant lui, une corneille (en grec «kourouna»), qui symbolise vraisemblablement son amour pour la jeune Coroné (490 av. J.-C., musée archéologique de Delphes).

p. 53
Détail du fronton occidental du temple de Zeus à Olympie, qui représente le combat des Lapithes et des Centaures (voir p. 183). Outré par l'impudence des Centaures, Apollon se dresse au centre de la composition, prêt à venir en aide aux Lapithes (460 av. J.-C., musée archéologique d'Olympie).

Apollon, le dieu qui personnifiait plus que tout autre les valeurs de la civilisation grecque, était fils de Zeus et de Léto. Quand cette dernière, enceinte, fut sur le point d' accoucher, elle dut affronter la colère d' Héra. Celle-ci, se sentant offensée par l'infidélité de son époux et voulant empêcher sa délivrance, ordonna à tous les lieux de la Grèce de chasser au loin la future mère. Léto erra de la Crète à Samothrace et de la Troade à Karpathos et aux Cyclades, mais nulle part elle ne trouvait un coin tranquille pour accoucher. Elle arriva finalement dans l'île de Délos, qui, selon la légende, était auparavant une Nymphe qui, par respect pour Héra, refusa l' amour de Zeus et se jeta dans la mer sous la forme d'une étoile. Astéria, comme elle fut alors appelée, fut punie par Zeus pour son refus et métamorphosée en une île déserte, qui n' avait même pas une place stable dans la mer, mais était ballotée ici et là, au gré des vents. Les marins qui l' apercevaient au cours de leurs voyages lui avaient donné le nom d' Ortygia (île aux cailles). A peine Léto eut-elle posé le pied sur l' île que quatre colonnes surgirent du fond de la mer et la stabilisèrent. C' est là que devait naître le célèbre fils de Zeus, car ce lieu désolé et aride n' avait rien à craindre de la colère d' Héra; d' ailleurs Astéria avait déja enduré assez de malheurs à cause de l'épouse du maître des dieux.

Cependant, pendant neuf jours et

p. 54
Apollon, qui apaisait des sons de sa lyre mortels et immortels, était le dieu par excellence de la musique. On le voit ici jouer de son instrument entre Léto et Artémis, tenant sous son charme un cervidé et un félin (fin du VIe s. av. J.-C., British Museum).

p. 55
Statue en marbre d' Apollon, dite «Apollon de l' Omphalos», trouvée à proximité du théâtre de Dionysos, à Athènes. (Copie romaine d' un original en bronze de 450 av. J.-C., Athènes, Musée national).

neuf nuits, Léto eut des douleurs insupportables, sans pouvoir enfanter, Héra empêchant sa fille Eileithyia, protectrice des accouchements, de lui venir en aide. Quelques divinités de renom, comme Rhéa, Amphitrite, Dioné et Thémis se réunirent alors dans l' île et y firent venir en cachette Eileithyia. Léto s' agenouilla, s' appuya contre un rocher du mont Kynthos, étreignit un palmier et mit au monde premièrement Artémis, puis Apollon. A l'heure de la naissance, des cygnes volaient dans le ciel et des nymphes chantaient des hymnes de gloire, tandis que l' île se remplit d' or et prit le nom de Délos, qui signifie «ce qui est connu et visible de tous». L' emplacement de Délos allait rester à jamais stable, au centre d' un groupe d' îles, qui depuis lors s' appellent Cyclades (cyclos = cercle). C' est là que fut fondé le premier sanctuaire d' Apollon, renommé dans la Grèce entière.

A peine né, le dieu monta sur l' Olympe, où il fut accueilli avec tous les honneurs: on lui offrit du nectar et de l' ambroisie, qui donnent l' immortalité. Son premier soin fut de fonder un oracle,

afin de révéler aux hommes les décisions et les désirs de son père. Il quitta donc l' Olympe et, après avoir visité plusieurs sites, il finit par arriver près de la ville de Krissa, au pied du Parnasse, montagne sauvage et boisée. Là, il traça les limites de son sanctuaire, qui devait devenir par la suite l' un des lieux sacrés les plus importants de la Grèce. Selon la tradition, la région appartenait, avant l' arrivée d' Apollon, à la déesse Gé, qui avait le don de prophétiser. Son oracle était gardé par le terrible serpent Python, que dut tuer Apollon pour prendre la place de Gé, d' où le surnom de *Pythios* attribué au dieu et de celui de *Pythia* donné à la prêtresse de l' oracle. On appelait par ailleurs *Pythia*, ou *jeux Pythiques*, les fêtes célébrées à Delphes en l' honneur du dieu (voir JEUX PANHELLÉNIQUES). Après avoir tué Python, Apollon se rendit à Tempé, en Thessalie, pour laver la souillure de son crime. C' est pour commémorer cet événement qu' avaient lieu à Delphes, tous les huit ans, les *Septéria*. Une autre légende veut toutefois qu'après Gé, l' oracle soit passé aux mains de Thémis, qui le céda à sa soeur Phoebé. Celle-ci l' offrit ensuite à Apollon et c' est pourquoi ce dieu était aussi connu sous le nom de *Phoebos*. La première chose que fit Apollon lorsqu' il devint maître de Delphes fut de trouver des hommes capables de gérer son sanctuaire. En scrutant la mer du haut du Parnasse, il aperçut un navire de commerçants crétois qui transportaient des produits de leur île à Pylos, dans le Péloponnèse. Ayant décidé qu' ils deviendraient ses prêtres, il se métamorphosa sur le coup en dauphin et sauta dans leur ba-

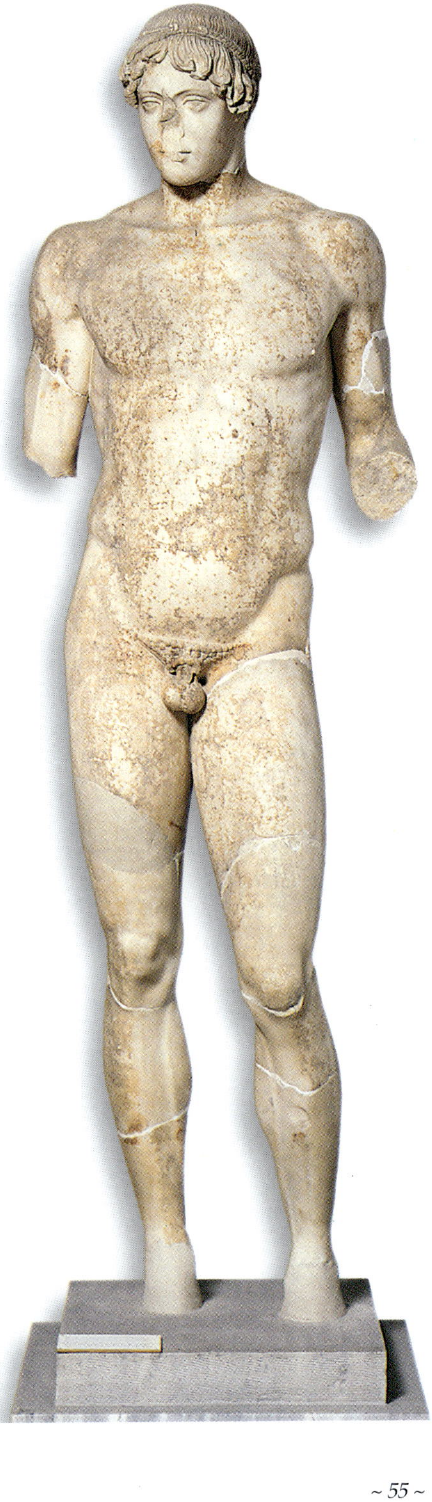

teau. Les marins, stupéfaits, se laissèrent pousser par le vent, qui les conduisit au port de Krissa. Là, Apollon, ayant pris la forme d' une étoile, puis d' un bel homme, enjoignit aux Crétois de monter jusqu'à son temple, d'y faire des sacrifices et de servir le sanctuaire et son oracle. C'est depuis lors que l'oracle de Delphes commença à fonctionner et que le dieu fut adoré sous le surnom de *Delphinios* (voir ORACLES).

Parmi tous les dieux de l' Olympe, Apollon était le dieu par excellence de la science divinatoire. C' est lui qui enseigna le premier aux hommes l'art de prophétiser, comme laissent sous-entendre de nombreuses légendes qui le présentent comme le père de devins illustres (Mélampous, Amphiaraos, Calchas, Térésias, Manto, Cassandre). Son don de prophétie correspondait aux qualités primordiales que les Grecs lui attribuaient. Il était le dieu de la lumière et du soleil, celui qui émettait l' énergie solaire et triomphait de l'obscurité. Grâce à la lumière du jour, il pouvait donc dévoiler aux hommes l' avenir et transformer toute chose cachée en chose apparente. De nombreux mythes de l' antiquité établissent un rapport entre Apollon et «le crépuscule du loup», la première lueur du jour, d' où son surnom de *Lykios* (= loup). Par la bouche de la pythie, qui prononçait ses oracles, il donnait aux mortels des conseils judicieux, tant sur le plan individuel que politique. Les cités grecques, mais aussi de nombreux Etats étrangers, prenaient leurs décisions après avoir consulté l' oracle de Delphes. Les activités colonisatrices des Grecs furent notamment encouragées par Apollon, appelé dans ce cas *Archygète* (=chef), qui désignait le colonisateur, c' est-à-dire le chef des colons, indiquait le nouveau site à coloniser et surveillait la construction

p. 56
Statue en bronze découverte au Pirée et représentant vraisemblablement Apollon. Le dieu nu, du type kouros, devait tenir dans ses mains un arc et une phiale (430 av. J.-C., Musée archéologique du Pirée).

p. 57
Grosse tête provenant vraisemblablement d' une statue chryséléphantine d' Apollon, découverte dans le sanctuaire de Delphes avec deux autres têtes qui devaient représenter Léto et Artémis (550 av. J.-C., Musée archéologique de Delphes).

des temples et des bâtiments de la nouvelle ville (*Thémélios* = poseur de fondations).

Selon la légende, Apollon quittait chaque hiver son île sacrée et son oracle pour se rendre dans le pays des Hyperboréens. Dans ce lieu mythique, le soleil brillait sans arrêt et il ne faisait jamais nuit. Pendant son absence, le dieu Dionysos s' occupait de l' oracle jusqu' à ce qu' arrivât le printemps et, avec lui, Apollon apportant le soleil et la lumière. La tête ceinte d' une couronne de laurier, il apparaissait et recevait les hommages de ses fidèles venus l' accueillir.

Le cygne et le dauphin étaient les animaux sacrés d' Apollon, tandis que sa plante préférée était la jacinthe, qui, pour les anciens Grecs, personnifiait un très beau jeune homme. Le dieu était tombé amoureux de **Hyacinthe,** mais, en jouant avec lui, l'avait tué involontairement d' une de ses flèches. Son amour pour la belle Daphné, fille du fleuve Pénée, s' avéra tout aussi malheureux. **Daphné** passait son temps à chasser dans les bois et ne voulait ni se marier, ni se lier à un homme. Lorsqu' Apollon la vit, il tomba follement amoureux d' elle et se mit à la poursuivre. Daphné courut pour lui échapper, mais sans succès. Elle demanda alors à son père de la sauver et Pénée la métamorphosa en laurier («daphné» en grec). Le dieu, dépité de ne pas l' avoir séduite, en fit son symbole. Les auteurs et les peintres de l' antiquité le présentaient couronné de laurier, les vainqueurs aux jeux Pythiques recevaient une couronne de laurier et la pythie mâchait des feuilles de laurier avant de rendre l'oracle. On pense que le premier temple d' Apollon à Delphes était construit avec des branches de laurier, de même qu' un autre temple d' Apollon, à Erétrie (*Apollon Daphnéphoros*).

En peinture, le dieu était souvent représenté avec son arc, qu' il ne quittait jamais, car il s' en servait pour protéger ses héros favoris et punir ceux qui lui manquaient de respect. C' est ainsi qu' il tua de ses flèches **Tityos,** qui avait essayé de violer Léto, **Eurytos,** qui avait eu l' audace de se mesurer à lui au tir à l' arc, ainsi que les enfants de **Niobé,** qui avait sous-estimé la beauté des enfants de Léto. C'étaient également ses flèches qui avaient frappé Patrocle, pendant la guerre de Troie, car, étant le fondateur avec Poséidon de la ville de Troie, il avait naturellement pris le parti de ses habitants. Le camp des Grecs pâtit à de nombreuses reprises de ses colères et plusieurs guerriers célèbres –comme Achille– moururent par sa faute. Aussi les Grecs de l' antiquité attribuaient-ils les morts soudaines à Apollon, qui était

p. 58
Amphore mélienne au décor figurant Apollon, de retour du pays mythique des Hyperboréens, jouant de la lyre sur son char ailé. Suivi de deux Vierges hyperboréennes, il est accueilli par Artémis, accompagnée d' une biche (VIIe s. av. J.-C., Athènes, Musée national).

considéré comme *Moirogète*, c'est-à-dire chef des Moires (Parques) et arbitre du destin des hommes. Le dieu de la lumière, quand il envoyait la mort, veillait cependant à ce qu' elle fût instantanée, pour éviter au corps des douleurs insupportables. Apollon possédait par ailleurs la faculté d' atténuer les souffrances humaines, en assistant les malades et en donnant la santé. S' il punissait le manque de respect en envoyant aux hommes la peste ou d' autres épidémies, il apportait ensuite la guérison et chassait les miasmes quand l' ordre public était rétabli. C' est pour cette raison qu' on l' adorait comme *Iatros* (médecin) et *Epikourios* (qui prête assistance). Le dieu - médecin par excellence des Grecs, Asclépios, était fils d' Apollon et de Coronis et c' était de son père qu' il tenait les rudiments de l' art de guérir (voir Asclépios).

Apollon cependant ne soignait pas seulement les hommes, mais la nature elle-même. C' est à lui l' on devait la fertilité des champs et leur protection contre les insectes et les rongeurs.

Les Grecs célébraient en son honneur, au mois de Thargélion (mai), les *Thargélia*, au cours desquelles ils le suppliaient de protéger les jeunes pousses des rayons destructeurs du soleil. Il veillait de même à la santé des animaux et était souvent représenté faisant paître des troupeaux. On raconte qu' un jour Apollon tua les Cyclopes et que Zeus, pour le punir, l'envoya à Phérès, en Thessalie, garder les vaches du roi Admète. En raison d'une punition semblable, il servit aussi comme berger à la cour de Laomédon, roi de Troie. Une troisième légende le présente également comme gardien de troupeaux. Selon celle-ci, Hermès aurait volé les vaches d' Apollon et ensuite, pour apaiser son courroux, lui aurait donné sa lyre, faite d' une carapace de tortue (voir Hermès).

C' est ainsi que le dieu-pâtre devint dieu de la musique et ne cessa jamais de jouer de la lyre et d' accompagner de ses sons magiques les danses des Grâces, des Heures, d' Harmonie,

p. 59
Statuette en ivoire d' Apollon Lycien, provenant de l' Agora d' Athènes. Copie romaine d' une statue en marbre de Praxitèle, dressée dans le Lycée d' Athènes (IIIe s. apr. J.-C., musée de l' Agora d' Athènes).

d' Hébè, d' Aphrodite et des Muses. Il utilisa sa première lyre lors d'un concours musical pour l' emporter sur le dieu Pan et le silène Marsyas, puis en fit don à Orphée, le célèbre musicien né de ses amours avec la muse Calliope. L'hyménée, l' hymne chanté par les femmes à l' heure du mariage, était, lui aussi, relié à Apollon. Pour les anciens Grecs, **Hyménée** était un bel éphèbe, amant du dieu ou fils enfanté, lui aussi, par Calliope. Des étreintes d' Apollon avec une autre muse, Thalia, naquirent les **Corybantes,** passés maîtres dans l' art de la danse. C' étaient pourtant les neuf Muses qui enchantaient l' âme par leurs danses lorsque le dieu jouait de la lyre. Apollon *Musagète* devint, avec les Muses, ses compagnes de toujours, le protecteur de la poésie et de tous les arts et dotà les mortels d'inspiration et d' imagination créatrice.

p. 60
Cuirasse en bronze provenant du sanctuaire de Zeus à Olympie, ornée de scènes gravées représentant Zeus et Apollon jouant de la lyre, entourés de deux dieux et de deux divinités, probablement des Muses ou des Vierges hyperboréennes (650-625 av. J.-C., Musée archéologique d'Olympie).

Lui-même était, aux yeux des hommes, l' éternel éphèbe, le modèle de la jeunesse perpétuelle, ce qui explique que les artistes l' aient représenté avec un corps juvénile et une longue chevelure blonde d' où irradiait une lumière éblouissante. Apollon était donc également protecteur des éphèbes et, en tant que tel, assistait aux cérémonies d' initiation à l' âge adulte. Les villes doriques organisaient en son honneur les *Karneia*, fêtes au cours desquelles les jeunes intégraient le corps des citoyens après s'être soumis à des rites initiatiques (voir également Artémis).

Outre Asclépios, les Corybantes, Orphée et de nombreux devins, Apollon eut encore beaucoup d' autres enfants. La plupart d' entre eux étaient des rois de villes ou des ancêtres légendaires: Chéron, qui construisit Chéronée, Lycoros, fondateur de la ville homonyme, Troilos, Ténès, roi de Ténédos, Milétos, l' ancêtre des Milésiens, Anios roi de Délos, Epidauros, qui donna son nom à Epidaure, et aussi **Ion**, ancêtre des Ioniens. Ce dernier fut mis au monde par Kréoussa, fille du roi d' Athènes Érechthée, qui avait été violée par Apollon. La mère ne montrant pas le moindre intérêt pour le nouveau-né, celui-ci fut remis par le dieu à la pythie, afin qu' il fût élevé à Delphes. Devenu adulte, Ion retourna dans son pays natal et devint roi. Pour les Grecs de l' antiquité, ce mythe attestait l' origine ionienne d' Apollon et les liens qui le reliaient à la ville d' Athènes.

p. 61
Pendant la guerre de Troie, Apollon prit le parti des Troyens, dont il avait lui-même fondé la ville. Il est représenté ici avec son arc, aux côtés d'Hector, lors du duel de celui-ci avec Ajax. (Kylix à figures rouges, 480 av. J.-C., Musée du Louvre).

ARTÉMIS

p. 62
Relief votif représentant Artémis, la déesse de la chasse, découvert dans la sanctuaire de Brauron (Ve-IVe s. av. J.-C., Musée de Brauron).

p. 63
Artémis assise sur un rocher, recevant les offrandes de ses fidèles en compagnie de sa biche préférée (IVe s. av. J.-C., musée de Brauron).

Artémis, fille de Léto et de Zeus, naquit, elle aussi, à Délos. Soeur d' Apollon, elle ressemblait sur plusieurs points à son frère et constituait en quelque sorte son côté féminin. Elle était reliée, elle aussi, à la lumière céleste, non pas celle du soleil, mais celle de la lune, qui diffuse ses rayons et vainc l' obscurité. Ce n'est pas par hasard que la déesse Séléné était assimilée dans plusieurs légendes à Artémis, de même que l' on confondait celle-ci avec d' autres figures de la mythologie grecque qui personnifiaient les forces de la lune (Aphaia, Britomartis, Hécate, Iphigénie, etc). La nature lunaire de la déesse était apparente dans la manière dont les artistes la représentaient, entourée de la lune et des étoiles ou tenant d' une main une torche allumée.

Selon une légende, Artémis serait née un peu avant Apollon et aurait ensuite aidé Léto à mettre au monde son deuxième enfant. Dans ce cas, elle prit donc la place d'Eileithyia, la déesse de l' accouchement, et fut adorée par les Grecs en tant que protectrice des femmes enceintes (*Artémis Lochia*). Dans son sanctuaire de Brauron, en Attique (*Artémis Brauronia*), la déesse recevait les sacrifices et les offrandes des femmes qui avaient eu un accouchement heureux, ainsi que les vêtements des femmes mortes en couche.

Artémis était aussi souvent adorée sous le surnom de *Courotrophos*, parce qu' elle s' occupait de l' éducation des petits enfants. Ce qui était particulièrement le cas à Ephèse, où se trouvait l' un de ses temples les plus importants, l' une des sept merveilles du monde antique. Son aide était tout aussi appréciable pendant la période de

l' adolescence. Les anciens Grecs s' adressaient à elle lors du dur passage à l' âge adulte en organisant des céremonies d' un type particulier. Ainsi, à Brauron, les fillettes arrivées à l' âge de la puberté passaient un certain temps au service de la déesse tout en s' initiant à leur future vie de femmes. On appelait ces jeunes filles *arktoi* (= ourses) et le temps du leur séjour dans le temple *arkteia*. Dans un autre sanctuaire, dédié à *Artémis Orthia*, à Sparte, on célébrait, devant l'autel de la déesse, des cérémonies de fustigation des jeunes gens, interprétée comme un rituel d'initiation à leur intégration dans la société.

Pour les Grecs, Artémis était une vierge sage qui n' avait jamais connu les joies de l' amour et du mariage. Sa chasteté s' exprimait notamment dans le mythe d' Hippolyte, jeune homme beau et pudique, qui restait impassible devant l' amour et passait son temps, comme la déesse, à chasser dans les montagnes et les forêts sauvages. Ce fils de Thésée eut une fin tragique, car il avait repoussé les avances de Phèdre, sa belle-mère. Mais, afin de réhabiliter sa mémoire, Artémis imposa aux habitants de Trézène, sa patrie, de l' adorer comme un dieu. Par contre, **Actéon,** qui l' avait suprise nue, alors qu' elle prenait son bain, fut transformé en cerf et dévoré par ses chiens. Artémis tua aussi, avec Apollon, les enfants de Niobé, ainsi que Tityos, qui avait voulu violer Léto. Ses flèches provoquèrent également la mort de **Callisto,** qui avait rompu son serment de chasteté et avait cédé aux avances de Zeus. **Orion,** fils de Poséidon, fut, lui aussi, châtié de la même manière, soit parce qu' il avait partagé la couche d' Eos (Aurore), soit parce qu' il avait violé Opis, l' une des Vierges Hyperboréennes.

Le plus grand plaisir d' Artémis était de courir dans les forêts touffues et de chasser avec son arc d' or, accompagnée d' une meute de chiens de chasse et de son animal préféré, le cerf (ou la biche). Ce mammifère leste et vif, compagnon inséparable de la déesse, figurait souvent dans l' iconographie et les légendes se rapportant à Artémis. Celle-ci se métamorphosait d' ailleurs fréquemment en biche, comme dans le cas des Géants Aloades, frères jumeaux qui vou-

p. 64
En tant que déesse chasseresse, Artémis était vénérée, sous l' épithète «Potnia théron», comme souveraine absolue de la nature et des bêtes sauvages. Sur le cratère dit de «François», elle est représentée ailée, domptant deux lions (570 av. J.-C., Musée archéologique de Florence).

p. 65
Tête d' une statue chryséléphantine colossale qui, selon certains, représentait Artémis (voir image p. 57). La déesse, à l' expression hiératique, porte une couronne et des boucles d' oreilles en or. (550 av. J.-C., Musée archéologique de Delphes).

laient exterminer les dieux et la convoitaient. Artémis prit alors l' apparence d' une biche et passa à toute vitesse entre eux, si bien qu' en essayant de tuer l' animal, ils s' entretuèrent.

La déesse de la chasse était réputée pour son habileté à manier l' arc. Personne ne tirait aussi bien qu' elle et quiconque osait se mesurer à elle était châtié de manière impitoyable. C' est ce qui arriva à Agamemnon, qui, ayant tué un de ses cerfs, se vanta de viser mieux qu' elle. Artémis exigea alors qu' il sacrifiât sa fille Iphigénie à Aulis pour permettre aux vents de souffler et aux navires grecs de mettre le cap sur Troie. Mais au dernier moment, elle eut pitié de la jeune fille et immola à sa place une biche. Iphigénie servit comme prêtresse dans le célèbre sanctuaire d' Artémis en Tauride, avant d' être ramenée, beaucoup plus tard, en Grèce par son frère Oreste, avec le xoanon de la déesse. Cette statue de bois fut déposée dans le sanctuaire de Brauron et un culte particulier fut institué en l' honneur d' Artémis *Tauropole*.

p. 66
A gauche: Statue en bronze d'Artémis (IVes. av. J. -C., Musée du Pirée).
A droite: Statuette en terre cuite d'Artémis tenant dans ses bras une biche. (Découverte dans le petit sanctuaire de Kanoni, à Corfou, 500 - 480 av. J. -C., Musée archéologique de Corfou).

En tant que déesse chasseresse, Artémis était également reliée aux animaux sauvages et était vénérée comme *Potnia Théron*, c' est-à-dire comme souveraine et dompteuse de la nature et des bêtes sauvages. Vivant en plein air et dans les champs, elle portait aussi le surnom d' *Agrotéra* et protégeait les plantes et les arbres. Dans certains cas, on lui attribuait un lien direct avec les fleuves et les lacs (*Potamia, Limnatis*), au bord desquels elle s' arrêtait pour se reposer ou chanter et danser avec les Nymphes, les Muses et les Grâces. Les relations familières qu' elle entretenait avec les rivières apparaissent dans une légende charmante se rapportant au fleuve **Alphée.** Celui-ci, la désirant, se cacha un jour à l' endroit où elle dansait avec ses amies afin de la surprendre et de la saisir dans ses bras. Mais la déesse, devinant ses intentions, enduisit le visage des jeunes filles et le sien d' une couche d' argile, si bien qu' Alphée ne parvint pas à la reconnaître. Depuis lors, on vénérait dans cette région *Artémis Alphéa.*

p. 67
Pendant la guerre de Troie, Artémis prit le parti des Troyens. Bien qu' évitant toute intervention continue dans le conflit, elle s' opposa à Héra, qui la blessa, tout en rendant hommage à sa force et à sa dextérité à manier l' arc. Artémis est représentée ici aux côtés de Pâris, lors de son duel avec Ménélas. (Kylix à figures rouges, 480 av. J.-C., Musée du Louvre).

DÉMÉTER (Perséphone)

Déméter, fille de Cronos et de Rhéa, était pour les Grecs de l' antiquité la grande déesse de l' agriculture. Comme son nom l' indique (Dé=terre + Méter=mère), elle était responsable de la fertilité de la terre et protégeait les cultures, notamment celle du blé, la nourriture essentielle des hommes. Il semble que son culte avait ses racines dans celui rendu à la divinité séculaire de la fécondité et que Déméter était l' une des plus anciennes déesses du panthéon grec, quoiqu' Homère, qui s' occupe principalement des actions héroïques des dieux, la cite rarement.

p. 68
Relief d' Eleusis: Déméter, assise sur un trône, accueille Coré, qui tient des torches. (480 av. J.-C., Musée archéologique d' Eleusis).

p. 69
Le tableau dit de Ninnios, découvert dans le sanctuaire d' Eleusis, représente une scène des Mystères d' Eleusis. Sur la partie supérieure, on peut voir Déméter assise en face de Coré, accompagnée de fidèles, tandis que sur la partie inférieure, Déméter, assise et entourée des vases sacrés des Mystères, accueille Iacchos. (2e moitié du IVe s. av. J.-C., Athènes, Musée national).

Mais la déesse de la terre, comme cela allait de soi, fut adorée par les premières peuplades agricoles qui s' installèrent sur le sol grec, ce qui explique que ses plus anciens sanctuaires aient été fondés dans des régions agricoles, d' un accès peu aisé. Dans la partie montagneuse de l' Arcadie, ses fidèles l' appelaient *Déo* et sa statue de bronze, oeuvre du sculpteur Onatas, la représentait avec un corps de femme et une tête de cheval. Cette statue devait être inspirée de la légende racontant ses relations amoureuses avec Poséidon. Pour échapper aux avances de celui-ci, Déméter se métamorphosa en jument, mais le dieu, ayant pris l' apparence d' un étalon, s' unit à elle et engendra le cheval Arion. Selon une légende, le fruit de leurs amours aurait été **Despoina,** divinité chthonienne qui était adorée dans le fameux sanctuaire de Lykosoura, en Arcadie. La relation de la déesse de la terre avec le dieu par excellence des eaux a été interprétée comme une présentation symbolique de la

fertilisation du sol par l' eau bénéfique.

Un symbolisme identique se cache très vraisemblablement dans une autre légende se rapportant aux amours de Déméter et du Titan Iasion. La déesse, après avoir couché avec celui-ci dans un champ labouré trois fois, mit au monde **Ploutos,** dieu qui représentait les biens terrestres provenant de la culture de la terre. C' était ainsi Déméter qui distribuait les dons de la terre aux hommes et protégeait tous leurs travaux agricoles. Les fêtes en son honneur correspondaient toujours aux principales activités rurales du cycle des saisons. Au printemps, lorsque la nature verdissait, les mortels l' appelaient *Chloé* (=verdure). Au temps de la moisson, ils lui rendaient hommage en célébrant les *Thalysies*, tandis qu' à celui du battage, ils l' honoraient en organisant les *Alooa* (aloni = aire de battage). Mais la plus grande fête était celle des *Thesmophories*, célébrées dans toute la Grèce en automne, période des semailles, au cours desquelles les femmes se livraient à des rites magiques, dans le but de s' assurer une bonne récolte. Elles exhumaient la chair pourrie de porcelets qu' elles avaient enterrés dans de grandes fosses au début de l' été, lors de la fête des Scirophories, et la mélangeait avec du blé pour l' offrir à la déesse en lui demandant de bonifier leurs champs.

Le plus grand présent fait par Déméter aux hommes était évidemment la culture des céréales. Selon le mythe, la déesse aurait chargé le héros attique **Triptolème** de propager dans le monde entier l' art de cultiver le blé. Triptolème (= celui qui laboure

p. 71
Cratère apulien avec représentation de l'enlèvement de Perséphone. Hadès et Perséphone sur un quadrige se dirigent à toute allure vers le sombre royaume des morts en compagnie d' Hermès. Leur route est éclairée par la torche de la déesse lunaire Hécate. (360-350 av. J.-C., British Museum).

trois fois) monta alors sur son char tiré par des serpents ailés pour apporter aux agriculteurs des instruments aratoires et leur montrer comment semer, moissonner et battre le grain.

La productivité et l' inertie de la nature au cours de l' année, phénomènes si étroitement reliés à la déesse de l' agriculture, s' exprimèrent dans un mythe admirable, qui nous est connu grâce à l' hymne homérique à Déméter. Selon celui-ci, Déméter avait eu avec Zeus une fille très belle, Perséphone. Sa beauté éblouit Pluton (Hadès), dieu des Enfers, qui décida de l' enlever et de l' em-

mener dans son royaume des ténèbres. Un jour où Perséphone jouait avec les Océanides dans un pré fleuri, elle vit devant elle un narcisse d' une extraordinaire beauté. Comme elle se penchait, tout heureuse, pour le cueillir, la terre s' ouvrit soudainement et Coré –autre nom de Perséphone– disparut dans les bras de Pluton. Effrayée, elle se mit à crier si fort que sa mère l' entendit. Déméter, désespérée, partit en courant à sa recherche et erra neuf jours et neuf nuits sans résultat. Personne ne savait où était passée Perséphone et seule Hécate avait entendu ses cris. Mais Hélios, le dieu soleil qui voit tout, lui apprit que sa fille avait été enlevée par Hadès. Blessée par l' indifférence de Zeus, Déméter quitta alors l' Olympe. Minée par son grand chagrin, elle traversait villes et villages sous l' aspect d' une vieille femme.

Elle arriva un jour à Eleusis, en Attique, et s' assit pour se reposer à l' ombre d'un olivier, près d' un puits, sur une pierre appelée depuis lors Agélasté (= qui ne rit pas). A cet instant, quatre jeunes filles venues chercher de l' eau s' approchèrent d'elle. C' étaient Démo, Callidice, Callithoé et Cleisidice, filles de Céléos, roi d'Eleusis, et de Métanire. Etonnées de voir cette vieille femme, elles lui demandèrent ce qui lui arrivait et Déméter leur répondit que, tombée entre les mains de pirates, elle avait réussi à s' enfuir. Etant à bout de forces, elle les pria de l'emmener au palais comme nourrice. Les jeunes filles la conduisirent à leurs parents, qui la chargèrent de l' éducation de leur fils Démophon.

p. 72
Vue du Télestérion d' Eleusis, où avaient lieu les principales cérémonies des Mystères d' Eleusis. Il existait à cet endroit, dès 1200 av. J.-C., un mégaron mycénien qui devait être consacré au culte de Déméter. Au VIe s. av. J.-C., ce mégaron fut remplacé par un nouveau bâtiment destiné à la célébration des mystères. Au cours des siècles, le Télestérion fut reconstruit à plusieurs reprises, sous les Pisistratides (525 av. J.-C.), sous Cimon (478-461 av. J.-C.), par Ictinos à l' époque de Périclès, ainsi que par bien d' autres architectes.

La déesse resta donc au palais sans sourire, ni dormir, ni manger. Seule une servante, Iambé, réussit à la faire rire par ses plaisanteries, mais la seule chose qu' elle put avaler était un peu de *cycéon*, c' est-à-dire une bouillie de farine d' orge aromatisée. Elle entreprit immédiatement l' éducation de Démophon et, pour marquer sa gratitude, voulut le rendre immortel. Elle le frottait chaque jour avec de l' ambroisie et, la nuit, le tenait au-dessus du feu! Un soir, l' ayant surprise en train de brûler son enfant, Métanire se mit en colère. Déméter révéla alors son identité et ordonna à Céléos de construire en son honneur un temple et un autel sur l'emplacement du puits Calli-

choron et de signifier au peuple d' Eleusis d' organiser des fêtes d' un type particulier. Selon la légende, ce serait depuis ce temps-là qu' avaient lieu les fameux Mystères d' Eleusis, célébrés en l' honneur de Déméter et de Coré.

Déméter continuait cependant à être triste et courroucée. A peine le temple fut-il terminé qu' elle s' y enferma, refusant de retourner dans le ciel. Avec elle, toute la terre dépérit: les champs se desséchaient, les fleurs s' étiolaient et les fruits pourrissaient. Les hommes commencèrent à mourir de faim et les dieux craignirent que l' humanité ne disparût. Zeus, inquiet, chargea Iris de raisonner Déméter, mais celle-ci ne cédait pas. Il envoya alors Hermès chez Pluton pour le prier de libérer Perséphone. Pluton accepta, mais au moment où Perséphone s' apprêtait à partir, il lui donna à avaler un pépin de grenade. De cette manière, il ne perdrait pas à jamais sa bien-aimée: elle passerait quatre mois par an auprès de lui.

p. 73
Relief d' Eleusis figurant Déméter, Coré et Triptolème. Les deux femmes tiennent, la première, à gauche, un sceptre et la deuxième, une torche allumée, symbole des cérémonies nocturnes des Mystères d' Eleusis. Elles devaient également tenir des épis de blé pour les offrir au jeune Triptolème qui se tient entre les deux. (440-430 av. J.-C., Athènes, Musée national).

Perséphone retourna chez sa mère et sur le coup toutes les plantes se mirent à fleurir et les champs à se couvrir d' épis et de fruits. Tout commençait à repousser sur la terre, qui allait donner des fruits pendant huit mois, aussi longtemps que Coré resterait auprès de Déméter. Les quatre autres mois, elle descendrait aux Enfers pour s' unir à Hadès et engendrer avec lui les forces souterraines qui prépareraient la fertilité du sol. La grenade offerte par Hadès symbolisait donc, avec ses milliers de pépins, la fertilisation des champs, l' union de la graine et de la terre, de Perséphone et du dieu du monde souterrain.

Avant de monter dans le ciel, Déméter enseigna aux rois sa science divine et leur apprit comment l' adorer. Tout le monde pourrait participer aux cérémonies en son honneur, mais personne ne devrait jamais révéler ce qu' il y avait fait ou vu. C' est ainsi que naquirent les **Mystères d' Eleusis,** chantés par les auteurs de l' antiquité comme étant un instant de bonheur unique au monde pour les hommes! Bien que nous ignorions encore beaucoup de choses sur ces mystères, nous connaissons cependant certains détails concernant les différentes phases de la fête et certains rites. Les Grands Mystères, célébrés au mois de Boédromion (fin de septembre) avaient pour but de fêter le retour de Coré sur la terre. A partir du VII e s. av. J.-C., lorsqu' Eleusis devint un dème d' Athènes, elles constituaient l' une des manifestations cultuelles les plus importantes non seulement pour les Athéniens, mais aussi pour tous les Grecs.

Les Petits Mystères, stade préparatoire aux cérémonies ultérieures, avaient lieu à Athènes, sur les rives du fleuve Ilisos, six mois avant les Grands Mystères. C'était également d'Athènes que partait le cortège des Grands Mystères. La veille, les objets sacrés étaient transférés d'Eleusis au sanctuaire de Déméter, l'Eleusion, situé au pied de l'Acropole. Le premier jour de la fête, les fidèles se rassemblaient à la Stoa Poecile, sur l'Agora d'Athènes, où avait lieu la *prorrhésis*, c' est-à-dire l'annonce officielle de l'ouverture de la fête.

Après s' être lavés et purifiés dans les eaux de la baie du Phalère, les fidèles passaient quatre jours à sacrifier à la déesse. Le cinquième jour au matin, un grand cortège partait du Dipylon pour se rendre à Eleusis en suivant la Voie Sacrée. Il se composait de fidèles, appelés *mystes*, de prêtres et des deux principaux officiants des Mystères: le *hiérophante*, issu de la famille éleusienne des Eumolpides, et le *dadouque* (porteur de torche), de la famille athénienne des Cyrèques. Les mystes portaient des couronnes et des rameaux de myrte. La procession était précédée de la statue d' Iacchos, dieu apparenté à Perséphone et constituant vraisemblablement son côté masculin. Elle faisait des haltes à certains endroits pour déposer des offrandes dans les sanctuaires de la Voie Sacrée (sanctuaires d' Apollon Daphnios, d'Aphrodite, etc). Sur le pont sur le Céphise, les fidèles échangeaient des plaisanteries qui déclanchaient une grande gaieté. Le soir, la procession arrivait enfin à Eleusis.

Dès le lendemain commençait la partie la plus importante de la fête. Les mystes offraient des sacrifices aux deux déesses, jeûnaient et buvaient le cycéon, comme Déméter lorsqu' elle était à la recherche de sa fille. Ensuite ils pénétraient dans le *Télestérion*, c' est-à-dire le temple de la déesse, et participaient à des rites initiatiques dont nous ne savons que fort peu de choses. Il est cependant certain que les cérémonies avaient lieu la nuit, à la lumière de torches, et qu' elles comprenaient trois parties: les *légouména* (paroles), les *doména* (actions) et les *dicnyména* (preuves). Il semble qu' au cours des «légouména», on déclamait la légende de Déméter et de Perséphone, tandis que les «droména» étaient consacrés à leur représentation. Pendant la troisième partie, le hiérophante pénétrait dans l'*anactoron*, c' est-à-dire le saint des saints du Télestérion, et dévoilait aux mystes les objets sacrés, jusque là cachés, des Mystères. Ces différentes phases des Mystères, qui se déroulaient dans une atmosphère solennelle et étouffante, conduisaient progressivement les fidèles à une élévation psychique et spirituelle qui les faisaient participer pleinement au drame divin et atteindre finalement l' *époptia*, libération et catharsis de l' âme.

p. 75
Relief d' Eleusis représentant Triptolème installé sur son char ailé, prêt à partir pour propager dans le monde la culture des céréales. Il est encadré de Perséphone, tenant des torches dans ses mains, et de Déméter, accompagnée de ses fidèles (440-430 av. J.-C., Musée archéologique d' Eleusis).

HERMÈS

p. 76
Hermès, portant des sandales ailées et un pétase, transporte le petit Dionysos chez les Nymphes (décor de cratère en calice à fond blanc, 440 av. J.-C., Musée du Vatican).

p. 77
Statue en marbre d' Hermès, oeuvre fameuse de Praxitèle qui représente le dieu portant son petit frère Dionysos chez les Nymphes (330 av. J.-C., Musée archéologique d' Olympie).

Hermès naquit en Arcadie, dans une grotte du mont Kylliné, après que Zeus eut séduit Maïa, l' une des Pléiades, filles d' Atlas. Alors qu' il était encore dans son berceau, il décida de quitter les bras maternels et, tout joyeux, sortit de la grotte. Le premier être vivant qu' il rencontra sur son chemin était une tortue. Sans hésiter, il la tua, prit la carapace, lui ajouta une peau de boeuf et des cordes de boyaux de mouton tendues sur un cadre de bois et en fit la première lyre du monde.

Commençant bientôt à avoir faim, il courut à la recherche des troupeaux que gardait Apollon sur les montagnes de Piérie. Arrivé à destination à la nuit tombante, il s' empressa de voler cinquante vaches, qu' il éloigna du troupeau en les obligeant à marcher à reculons, afin d' embrouiller les pistes. Il les conduisit jusqu' à Pylos, puis les enferma dans une bergerie sur les rives du fleuve Alphée. Il en choisit deux pour les manger et, comme le feu n' était pas encore connu, il frotta un rameau de laurier et un gros morceaù de bois jusqu' à ce qu' une étincelle jaillît. Il fut ainsi le premier à créer le feu! Après avoir écorché les bêtes, il les coupa en morceaux et en offrit douze aux dieux –en se comprenant lui-même parmi les douze–, puis rôtit le reste à la broche. A l' aube, il retourna dans la grotte où il était né et se coucha, sans faire de bruit, dans son berceau.

Entre-temps, Apollon, qui avait remarqué qu' il lui manquait des bêtes, apprit, grâce à ses dons divinatoires, qui était le voleur et courut à Kylliné. Il trouva Hermès enveloppé dans ses couvertures et, furieux, lui demanda de rendre les vaches. Prenant pour prétexte son jeune âge, Hermès nia toute implication dans le vol. Apollon le força alors à l' accompagner sur l' Olympe pour se justifier devant Zeus, leur père à tous deux. Le petit Hermès, faisant preuve d' une

éloquence et d'une malice étonnantes, jura devant le premier des dieux qu' il n' avait jamais amené de vaches chez lui. Son habileté à dire des mensonges et son pouvoir de persuasion provoquèrent les rires de Zeus, qui lui intima de montrer sa cachette à Apollon. Quand les frères se furent définitivement réconciliés, Hermès offrit à Apollon sa lyre et fabriqua pour lui une syrinx (flûte de Pan). En échange, Apollon jura de l' aimer plus que tout autre enfant de Zeus et le nomma protecteur des troupeaux. Il lui offrit également le *caducée*, baguette en or qui lui permettait de devenir le messager de Zeus et de transmettre ses décisions aux dieux et aux mortels.

Hermès, le précieux messager des dieux, était représenté par les artistes avec son caducée dans une main, coiffé du pétase des voyageurs et chaussé de sandales ailées. Pour les Grecs de l' antiquité, il était le dieu du vent et de tous les phénomènes reliés à l' air. Selon la légende, c' était lui qui le premier avait observé les astres et avait compris comment le temps change et les saisons se succèdent. C' est pour cette raison qu' une des planètes prit son nom (Mercure pour les Romains).

En tant que dieu du vent, il avait un rapport avec les voyages et devint ainsi le protecteur et le guide des voyageurs (*Hégémonios, Enodios*), tandis que parallèlement il était responsable de la sécurité des portes d' entrée des maisons et des villes (*Thyréos, Propyléos, Pyléos*). Les stèles rectangulaires surmontées d' un buste d' Hermès, qui indiquaient les distances et les routes et étaient placées aux carrefours, s' appelaient hermès ou piliers hermaïques.

Le voyageur Hermès était égale-

ment, comme cela va de soi, le dieu du commerce (*Agoraios*), ce qui explique que ses statues se dressaient sur la plupart des agoras des cités grecques. C' est à lui que l' on attribuait la découverte des mesures, des poids et de la balance. Les gains provenant de transactions commerciales étaient d' ailleurs considérés comme des dons octroyés par le dieu (*Kerdoos*). Les fidèles se le représentaient comme un coureur infatigable et les éphèbes qui s' exerçaient dans le gymnase le voyaient comme un modèle à imiter. C' est lui qui donnait la force et la grâce aux corps des athlètes et ses statues décoraient tous les lieux consacrés à l'athlétisme (*Agonios, Enagonios*).

Sa principale mission était cependant celle de messager. Le dieu ailé, pareil à un souffle de vent, parcourait terres et mers pour transmettre les messages des dieux. Hermès pouvait également dépasser les limites de la terre et arriver jusqu' aux Enfers. Il était le dieu *psychopompe* ou *psychagogue*, qui guidait les âmes des morts dans l' Hadès. Le dernier jour de la fête des Anthestéries (consacrée à Dionysos), les Athéniens honoraient leurs morts en offrant des sacrifices à *Hermès Chthonios*. Sa relation avec les défunts pouvait s' expliquer par la conviction que l'âme humaine ressemble à un souffle d' air qui abandonne le corps à l' heure de la mort. Ainsi, c'est le dieu du vent qui la conduit ensuite dans le monde souterrain. Selon une conception identique, les spectres et les rêves étaient, eux aussi, de l' air et c' est pourquoi ils apparaissaient aux hommes sur l' initiative d' Hermès (*Hypnodote* = qui donne de sommeil, *Oniropompe* = qui conduit les rêve).

En tant que héraut et interprète des paroles des dieux, Hermès avait le don de s'exprimer facilement et de convaincre. C'était l'*Hermès Logios*, protecteur des orateurs, des philosophes et des

p. 78
Lécythe funéraire de Myrrhiné. Hermès psychopompe conduit dans l'Hadès la défunte Myrrhiné, pleurée par ses proches. (430-420 av. J.-C., Musée national).

p. 79
En haut: Détail du cratère «François». Le messager des dieux, portant des sandales ailées et tenant le caducée, court pour accomplir quelque mission (570 av. J.-C., Musée archéologique de Florence).

En bas: monnaie d' argent figurant Hermès en train de transporter Dionysos nouveau-né (Musée numismatique d' Athènes).

écrivains. Il n' est donc pas étonnant que le mot grec «herméneia», qui signifie interprétation, provienne du nom de ce dieu. Selon le mythe, lorsque Zeus séduisit Io à Argos, il demanda à Hermès d' occuper les Argiens, afin qu' ils ne le découvrissent pas. Hermès fut le premier à pratiquer l' art de la rhétorique et ses paroles caressaient comme un souffle d' air les oreilles de la foule qui restait des heures à l' écouter. Lorsque les dieux créèrent Pandore, Hermès la dota de la parole humaine, mais lui donna en même temps la fourberie, l' art de dire des mensonges et de tromper. Ces qualités et ces défauts étaient par ailleurs attribués à Hermès lui-même par les Grecs, qui le présentaient souvent comme astucieux et voleur, comme le montre la légende se rapportant à ses premières années. Cependant, derrière ses machinations se cachaient une inventivité et une intuition remarquables, qualités apparentes dans les récits concernant ses inventions.

La légende du vol des vaches d' Apollon est également reliée à une autre particularité d' Hermès. Il était le voleur nocturne pouvant s' emparer de tout ce qui n' était pas bien gardé, comme le vent entraîne sur son passage tout ce qui n' est pas fixe et assuré. Il était aidé dans ces activités par la vitesse fulgurante avec laquelle il se déplaçait et le fait qu'il savait se cacher; c' est ainsi que pendant la Gitantomachie, il portait sur la tête une peau de chien qui le rendait invisible, comme l' est le vent.

pp. 80-81
Le petit Hermès couché dans son berceau entre ses parents, Zeus et Maïa, entend Apollon l'accuser d'avoir volé ses vaches. On distingue, à gauche, les vaches cachées dans une caverne et, jaillissant d' un arbre, un lièvre, symbole d' Hermès (Hydrie, 520 av. J.-C., Musée du Louvre).

Cette même légende nous révèle encore une autre nature du dieu: Apollon lui laissa ses vaches et lui confia la protection des troupeaux. Ainsi Hermès devint un dieu-berger et fut adoré sous le surnom de *Nomios*. Un de ses principaux symboles était le bélier, le guide des moutons, l' animal étalon qui contribue à la reproduction. Dans la tradition arcadienne, Hermès était le père par excellence du dieu champêtre, Pan «aux pieds de bouc». Comme son fils, il était dominé par des pulsions érotiques irrépressibles et pourchassait souvent belles jeunes filles et nymphes qui couraient dans les grottes et dans les bois. De ses amours naquirent Myrtilos, serviteur du roi Oenomaos de Pise, Polybos, roi de Sicyone, Bounos, roi de Corinthe, le rusé Autolycos, ancêtre de l' ingénieux Ulysse, Harpalycos, Abdère, qui donna son nom à la ville homonyme, le héraut Aethalide, Eudore, héros de la guerre de Troie, ainsi qu' Erytos et Echion, qui prirent part à l' Expédition des Argonautes.

APHRODITE

p. 82
L' Aphrodite de Rhodes, statuette en marbre qui représente la déesse prenant son bain. (Ier s. av. J.-C., Musée de Rhodes).
p. 83
Aphrodite (Vénus), la déesse la plus érotique de la Grèce antique, qui séduisait par sa beauté mortels et immortels, inspirait le désir et l' amour à tous les êtres de la terre. (Vénus de Milo, IIe s. av. J.-C., Musée du Louvre).

Aphrodite, symbole de la beauté et de l' amour, a été chantée comme nulle autre divinité, aussi bien dans l' antiquité qu'à l'époque moderne. Le mythe de sa naissance fut une source d' inspiration pour des artistes de renom de tous les temps. Certains auteurs ont raconté qu' elle serait née des amours de Zeus et de Dioné. Mais selon la légende la plus répandue, elle était fille d' Ouranos (*Ourania*).

Cronos, après avoir coupé les organes génitaux d' Ouranos, les jeta dans la mer, où ils furent emportés, tout ensanglantés, par les vagues. Mais bientôt ils furent enveloppés par une écume blanche qui se mit à augmenter de volume jusqu' à ce qu' elle prît la forme d' une femme. L' écume passa par Cythère et aboutit à Chypre, où la svelte déesse (*Aphrodite Anadyoméné*) sortit de la mer (ou, selon d' autres versions, d' un coquillage). A peine arrivée sur la terre ferme, elle fut accueillie par les Heures, qui la parèrent d' un collier et d' une couronne avant de l' emmener sur l' Olympe, où les dieux restèrent muets d' admiration devant sa beauté.

A Cythère, Aphrodite fut adorée avec de grands honneurs sous le nom de *Cythéria*, tandis qu' à Chypre, elle reçut le nom de *Dypris* et devint la protectrice de l' île. Son culte était particulièrement important dans la ville chypriote de Paphos, où il était relié à celui du héros local Pygmalion. **Pygmalion,** étant tombé amoureux d' une statue de la déesse, celle-ci, pour guérir sa passion, donna vie à la pierre et le laissa jouir de son amour. C' est ainsi que naquit Paphos, qui donna son nom à la ville. Aphrodite, la plus belle de toutes les femmes du monde, était la déesse qui inspirait le désir aux hommes et à

tous les êtres de la terre. Personne ne pouvait échapper aux pièges qu' elle tendait pour s' amuser des coeurs amoureux: «*Les animaux de la montagne la suivent en remuant leur queue; devant ce spectacle, la déesse se réjouit, remplit leur coeurs d' amour et alors ceux-ci dorment deux par deux dans les ravins ombragés*». (Hymne homérique à Aphrodite). La légende raconte que lorsque Héra décida de faire perdre la tête à Zeus, elle emprunta la ceinture d' Aphrodite, qui avait le pouvoir de séduire et d'ensorceler. C' est Aphrodite qui alluma chez Médée les feux de son amour pour Jason et dota Pandore du don de la séduction.

Mais elle utilisait aussi souvent sa force érotique pour châtier ceux qui lui manquaient de respect. La Belle Hélène et sa soeur Clytemnestre trompèrent toutes les deux leur mari parce que la déesse en avait décidé ainsi pour se venger de leur père, Tyndare, qui ne lui avait pas rendu les honneurs dus. Elle punit pour la même raison les femmes de Lemnos, en faisant de sorte qu' elles sentent si mauvais que leurs maris les évitent. Celles-ci, furieuses, massacrèrent toute la population mâle de l' île et restèrent seules jusqu' à ce qu' Aphrodite décidât, à la demande d'Héphaïstos, d' envoyer à Lemnos les Argonautes. Diomède, qui avait eu l' audace de la blesser au cours de la guerre de Troie, paya chèrement, lui aussi, sa faute: la déesse jeta sa femme dans les bras de Comètès, fils de Sthénélos, compagnon d'armes et ami de Diomède. Mais sa plus grande victime fut Hippolyte, qui refusait obstinément de jouir de son don, l' amour. Pour se venger, elle rendit folle d' amour sa belle-mère Phèdre, dont il refusa les avances, payant de sa mort l' affront qu' il lui avait fait.

Aphrodite n' hésitait pas non plus à frapper de ses flèches d' amour les immortels. La plupart des aventures amoureuses de Zeus étaient dues à sa propre initiative. Aussi le grand dieu décida-t-il un jour de la punir de la même manière: il insuffla dans son coeur des sentiments amoureux pour **Anchise,** beau jeune homme descendant de la fameuse famille des Dardanes, à Troie. Un soir, alors qu' Anchise venait de rentrer dans sa cabane, après avoir fait paître ses moutons sur le mont Ida, la déesse, parée de ses plus beaux atours, lui apparut sous la forme d' une simple mortelle. A la vue de cette beauté éblouissante. Anchise comprit qu' il avait devant lui une déesse. Mais Aphrodite le trompa en lui disant qu' elle était la fille d' Otrée, roi de Phrygie, et qu' Her-

p. 85
Groupe d' Aphrodite et de Pan provenant de l' île de Délos. La déesse, nue, surprise probablement à sa sortie du bain, prend sa sandale pour repousser Pan, incapable de résister à sa beauté. Entre les deux, un petit amour ailé insuffle le désir au dieu aux pieds de bouc. (100 av. J.-C., Musée national).

mès l' avait amenée auprès de lui pour qu' elle devienne sa femme. Anchise, fasciné, s' étendit à ses côtés sur un lit recouvert de peaux d' ours et de lions. Peu avant le lever du jour, la déesse lui révéla son identité et l' assura qu' il deviendrait roi, à condition de ne dévoiler nulle part ce qui s' était passé entre eux. De leur union naquit **Enée,** qui fut élevé par les nymphes et prit part, plus tard, à la guerre de Troie. C' est pour cette raison qu' Aphrodite soutint les Troyens et fut même blessée alors qu' elle essayait de sauver son fils. C' était elle d' ailleurs qui, d'une certaine manière, avait provoqué la guerre de Troie, en poussant Hélène dans les bras de Pâris pour récompenser celui-ci de l' avoir jugée plus belle qu' Héra et Athéna (voir Atrides).

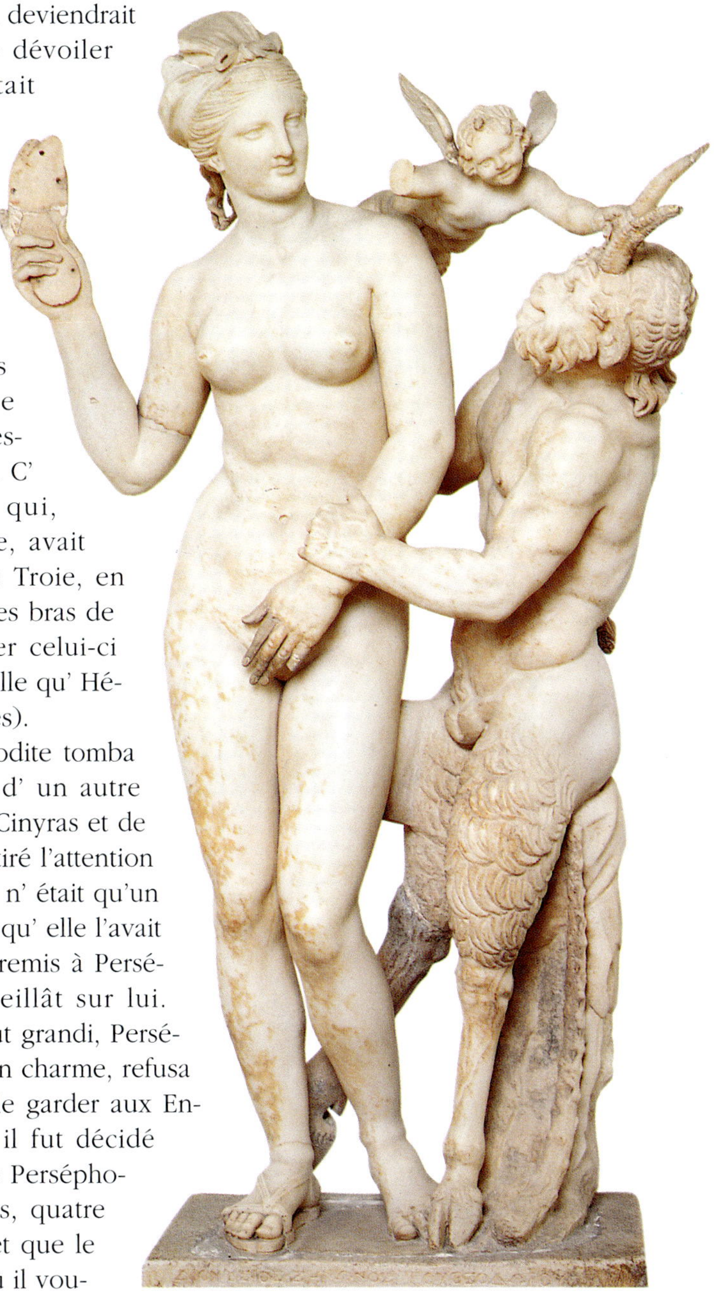

Outre Anchise, Aphrodite tomba également amoureuse d' un autre mortel: **Adonis,** fils de Cinyras et de Smyrna. Adonis avait attiré l'attention de la déesse alors qu' il n' était qu'un bébé et c' est pour cela qu' elle l'avait caché dans un drap et remis à Perséphone pour qu'elle veillât sur lui. Mais, quand l' enfant eut grandi, Perséphone, envoûtée par son charme, refusa de le rendre et voulut le garder aux Enfers. Zeus intervint et il fut décidé qu'Adonis resterait avec Perséphone quatre mois par ans, quatre autres avec Aphrodite et que le reste du temps il irait où il voudrait. Celui-ci préféra Aphrodite et resta ainsi auprès d' elle pendant huit mois. Mais un jour, un sanglier tua le beau jeune homme au cours d' une chasse et du sang qui coula poussèrent les premières roses. Aphrodite pleura amèrement la perte de son ami et ses larmes se métamorphosèrent en une nouvelle fleur: l' anémone. Inconsolable, elle supplia Perséphone de le lui rendre, ne fût-ce que six mois par an et celle-ci accepta. C' est ainsi qu' Adonis devint le symbole de la floraison et du dépérissement de la nature et Aphrodite la protectrice du cycle de la vie.

C' était précisément cette propriété d' Aphrodite qui se cachait derrière le rôle de la déesse de l' amour. Le désir qu' elle envoyait aux mortels était la force génératrice de la fertilité et de la reproduction (*Aphrodite Genetrix*). Son offre salutaire ne se limitait pas aux hommes, mais s'étendait également aux fruits de la terre et aux fleurs, ainsi qu'aux animaux terrestres, aériens et marins. Ses symboles étaient le myrte, le grenadier, la colombe, le cygne, le lièvre et le bélier, tous reliés à l' instinct de vie et de reproduction. L' importance d' Aphrodite pour la fécondité était manifeste non seulement dans le mythe d' Adonis, mais également dans une autre légende, selon laquelle la déesse se serait unie au dieu Dionysos et aurait mis au monde Priape, enfant très laid, aux organes génitaux énormes. Le mythe d'Hermaphrodite peut, lui aussi, être expliqué de manière analogue. **Hermaphrodite** était fils d' Hermès et d' Aphrodite. Un jour qu' il se baignait dans une source, la nymphe Salmacis l' aperçut et tomba amoureuse de lui. Celui-ci répondit à son amour et leur étreinte fut si forte qu' à la fin ils ne firent plus qu' un. C' est ainsi que fut créé un nouvel être, à double nature.

Le mythe d' Aphrodite naissant de l' écume de la mer indique vraisemblablement la relation entre l' eau et l' amour, la sexualité et la fécondation. Selon la légende, la déesse avait eu des rapports avec Poséidon lui-mê-

p. 86
Aphrodite est souvent représentée volant dans le ciel sur le dos d' un cygne ou d' une oie. Sur cette kylix à fond blanc, on la voit voyager sur une oie, une fleur à la main (470-460 av. J.-C., British Museum).

me, le maître de la mer, dont elle eut Eryx et Rhodos. Les artistes la représentaient très souvent assise sur un hippocampe, accompagnée de Tritons et de Néréides. Dans certains sanctuaires, principalement côtiers, elle était adorée sous les surnoms de *Pélagia*, *Pontia* et *Liménia*, parce qu' elle apaisait la mer et assurait de bons voyages aux marins. Dans son grand sanctuaire de Cnide, elle était même surnommée *Euploia* (bon voyage).

p. 87
Selon une tradition tardive, Aphrodite serait sortie de la mer dans un coquillage. On la voit apparaître ici assise dans une coquille ouverte, les vêtements tout mouillés. (IVe s. av. J.-C., Musée national).

Il semble que les activités d' Aphrodite ne se soient pas limitées à l' amour et au désir, mais qu' elles aient touché d' autres domaines reliés à la reproduction. Elle fut ainsi adorée également comme protectrice du mariage, avec Héra, puisque l' amour est une condition essentielle pour la bonne entente des couples. Elle-même était mariée au dieu du feu, Héphaïstos. Ce mariage cependant n' était pas son propre choix, mais celui d' Héra, qui réussit de cette manière à unir le feu d' Héphaïstos au pouvoir fécondateur d' Aphrodite, la beauté de l' art à la beauté de la nature!

Selon la légende, Aphrodite aurait trompé un jour son mari boiteux avec Arès, le robuste dieu de la guerre. Hélios, le dieu Soleil qui voit tout, mit Héphaïstos au courant des rendez-vous

secrets de sa femme dans son propre palais, et ce dernier décida de la prendre sur le fait. Comme c' était un remarquable artisan, il fabriqua des filets de métal, minces et invisibles comme une toile d' araignée, et les étendit sur son lit. Ensuite, il fit semblant d' aller dans son atelier, à Lemnos, mais revint au palais et ridiculisa devant tous les dieux le couple illégitime empêtré dans les filets. A ce moment-là, Apollon demanda malicieusement à Hermès s' il aurait voulu se trouver à la place d' Arès. Et Hermès répondit qu' il accepterait de coucher avec Aphrodite même s' il devait être attaché avec trois fois plus de chaînes et montré non seulement à tous les dieux, mais encore à toutes les déesses! Héphaïstos décida finalement de libérer les amants, quand Poséidon lui eut promis de la dédommager du malheur qui lui était arrivé.

Arès et Aphrodite eurent quatre enfants: Harmonie, Deimos, Phobos et Éros. Éros (Amour), attaché au service de la déesse –de même que les Charites (Grâces) et les Heures– était le petit dieu ailé qui plantait sans pitié ses flèches dans les coeurs, provoquant la joie, mais aussi la peine. Le fait qu' Éros fût le fruit des amours d'Arès et d' Aphrodite, donne au concept de l' amour, mais aussi à la déesse elle-même, un caractère guerrier. En effet, Aphrodite est souvent représentée armée et on lui donnait parfois le surnom de *Panoplos* (=en armes). Les Grecs lui attribuaient l' idée de la «guerre» sur le champ de l' amour, tandis que, parallèlement, ils la reliaient au monde des morts, puisque l' amour et la mort sont les conditions indispensables pour le renouveau et la renaissance des êtres. C'est pourquoi elle était adorée en Grèce, comme Hermès, sous le surnom de *Chthonia* et dans certains cimetières comme *Mélaina* et *Skotia* (sombre).

Cependant, même dans son côté sombre, les mortels voyaient finalement le triomphe invicible de l' amour sous tous ses aspects. Outre l' amour chaste ou l'amour-affection, Aphrodite représentait aussi le côté purement sexuel de l' amour et était reliée à la prostitution (*Aphrodite Pandémos*). Le sanctuaire qui lui était dédié sur l' Acrocorinthe accueillait un grand nombre d' hétaïres, considérées comme des prêtresses, qui célébraient de grandes fêtes en son honneur et posaient très souvent, nues ou à moitié nues, comme modèles pour les statues d' Aphrodite. Selon la tradition, le célèbre sculpteur Praxitèle aurait été le premier à avoir été inspiré par une hétaïre, Phryné, pour sa fameuse statue de la deésse (Aphrodite de Cnide).

p. 88
Fresque de Pompéi qui présente les deux amants adultères, Aphrodite et Arès, tendrement enlacés. Derrière eux, Eros frappe de ses flèches les coeurs des deux amoureux. (10 av. J.-C., Naples, Musée national).

ARÈS

p. 90
Arès, le farouche dieu de la guerre, était présent lors de toutes les batailles légendaires des dieux et des hommes. Il est représenté ici attaquant les géants au cours de la Gigantomachie. (Fragment de la frise N. du trésor de Siphnos à Delphes, 525 av. J.-C., Musée archéologique de Delphes).

p. 91
L' Arès en armes du cratère «François» (570 av. J.-C., Musée archéologique de Florence).

Arès était, pour les anciens Grecs, le dieu de la guerre, responsable de la violence, des batailles et des conflits entre les hommes. Fils de Zeus et d' Héra, il avait hérité de sa mère un caractère explosif et ombrageux, qui repoussait aussi bien les mortels que les dieux. Zeus lui-même lui dit dans l' Iliade: «*Moi, je ne me bats pas contre d'autres dieux comme toi, car tu cherches toujours la bagarre, tu veux des peines et des guerres. Tu as l' opiniâtreté inflexible et insupportable de ta mère!*». C' est pourquoi Arès ne fut jamais adoré avec des honneurs particuliers et aucune cité grecque ne l'accepta comme divinité tutélaire.

Il semble que son culte ait eu ses origines en Thrace, où, selon Homère, se trouvait sa demeure. Il devint ensuite connu en Béotie, puis dans toute la Grèce, où il prit place parmi les douze dieux de l' Olympe. Ses attributs étaient en partie reliés à son origine, puisque, pour les Grecs de l' antiquité, la Thrace était une région habitée par une population rude, aux moeurs barbares. C' est d' ailleurs de là que partaient les tempêtes hivernales qui descendaient vers le sud. Arès lui-même était souvent comparé à la tempête, quand il s' élançait impétueusement sur les champs de bataille et que le bruit de ses armes ébranlait terre et ciel. Même tombé à terre il pouvait provoquer la frayeur, puisque son corps occupait une superficie de sept «stremmata» (0, 7ha).

Les hommes se représentaient ce gigantesque guerrier en armes semant sur son passage la mort, soit en se servant de sa cuirasse comme d' un lance-flammes, soit en courant avec son char tiré par des chevaux d'or.

Contrairement à Athéna, qui concevait la guerre avec ordre et méthode, Arès aimait les carnages et les mêlées désordonnées. Cependant, pendant la guerre de Troie, alors qu' il essayait de venir en aide aux Troyens, il fut gravement blessé par Athéna, événement qui prouvait que la technique pouvait l' emporter sur la violence.

Arès fit beaucoup d' enfants, dont la plupart devinrent des rois cruels et violents, comme Diomède de Thrace, qui élevait des chevaux mangeurs d' hommes, Oenomos, roi de Pise, et le dragon qui causait des ravages à Thèbes jusqu' à ce qu' il fût tué par Cadmos. Un autre de ses fils, **Kyknos,** s' était installé dans le temple d'Apollon Pagassé, profanant le sanctuaire avec ses armes. Après avoir trouvé la mort au cours d' un terrible combat avec Héraclès, il fut métamorphosé en cygne (=kyknos) par son père. Quant à **Phlégyas**, fils d' Arès et de Chryssé, qui avait voulu incendier le temple d' Apollon, il fut tué par les flèches du dieu de la lumière. Penthésilée, la reine des Amazones, était fille du dieu guerrier, de même qu' **Alcippé,** mise au monde à Athènes par Agraulos. Selon la tradition, Allirrhothios, fils de Poséidon, tenta de violer Alcippé, mais Arès, qui veillait, le tua au moment du viol. Poséidon demanda aux dieux de juger le meurtrier et c'est alors que fut constitué le tribunal suprême des douze dieux de l'Olympe, qui jugeait les cas de meurtres. Arès fut jugé et acquitté sur un monticule rocheux à l' ouest de l' Acropole d' Athènes, qui fut appelé Aréopage (=rocher d' Arès), nom donné plus tard au célèbre tribunal athénien.

De l' union d' Arès et d' Aphrodite naquirent Éros, Harmonie, Deimos et Phobos (voir Aphrodite). Le fait qu' Harmonie soit présentée comme fille du dieu de la guerre et de la déesse de l' amour symbolise, pour certains, la création de l'équilibre et de l' ordre à travers le mariage de forces opposées. Ainsi, Harmonie, qui devint par la suite épouse du roi de Thèbes Cadmos, apporta au monde l'harmonie, née de la violence d' Arès unie à la sérénité et à la tendresse d' Aphrodite. Deux de leurs enfants héritèrent cependant des attributs de leur père et devinrent ses fidèles compagnons: Deimos et Phobos, qui représentaient la crainte admirative et la peur que ressentent les hommes. Parmi la suite du dieu figuraient également leur soeur **Éris** (Discorde), qui provoquait les disputes, Ényo, déesse meurtrière des batailles, et Kéra, monstre à dents et griffes d' animal sauvage.

p. 93
Péliké à figures rouges de Tanagra, décorée d' une scène de la Gigantomachie. Sur le registre supérieur, Arès, entre les Dioscures, attaque les Géants, sur le registre inférieur du vase. (IVe s. av. J.-C., Athènes, Musée national).

HÉPHAÏSTOS

Deus traditions différentes se rapportent à la naissance d' Héphaïstos, le dieu du feu. Selon la première, il était fils de Zeus et d' Héra et grandit sur l' Olympe, avec les dieux. Un jour, une des querelles habituelles ayant éclaté entre ses parents, Héphaïstos prit le parti d' Héra et Zeus, en colère, le jeta du haut de l' Olympe. Le dieu tomba à Lemnos, où les habitants de l' île soignèrent ses blessures qui le laissèrent à jamais boiteux. Selon une autre légende, Héra aurait engendré Héphaïstos seule, sans homme, car elle était exaspérée des infidélités de Zeus. Mais l' enfant naquit boiteux et sa mère, humiliée, le jeta à la mer. Deux divinités marines, Thétis et Eurynomé, eurent pitié de lui et l' élevèrent en cachette dans la grotte de Nérée. Quand Héphaïstos fut devenu adulte, il décida de se venger de sa mère et de prendre la place qui lui était due parmi les dieux de l' Olympe. Il fabriqua donc un trône en or, qu' il recouvrit de filets invisibles et envoya à Héra en cadeau. A peine la déesse se fut-elle assise qu' elle fut prise dans le piège de son fils et personne ne put la délivrer. Les dieux s' efforcèrent de persuader Héphaïstos de la libérer, mais seul Dionysos y parvint: il fit la fête avec lui, lui offrit du vin pour l' enivrer et le transporta ensuite dans l' Olympe sur un mulet suivi de satyres et de nymphes. Après avoir libéré Héra, Héphaïstos fut accepté par les dieux et, en contrepartie, reçut pour femme Aphrodite. Pour les Grecs de l' antiquité, Héphaïstos était le dieu qui protégeait le feu sous toutes ses formes. Selon la tradition, le feu se trouvait en sa possession quand il fut dérobé par Prométhée pour le donner aux hommes. C' est à cet attribut que font allusion les légendes de sa chute de l' Olympe, puisqu' elles sont reliées à l' ancienne conception que le feu était tombé du ciel. Ce n' est donc pas par hasard qu' Héphaïstos atterrit à Lemnos, île volcanique reliée au feu de la terre. Le dieu du feu devint ainsi également le dieu des volcans, auxquels il donna mê-

p. 94
Héphaïstos à moitié ivre, soutenu par un satyre, est conduit par Dionysos dans l' Olympe. Il tient dans ses mains les instruments de son travail: des tenailles et un marteau (Péliké à figures rouges, 435-430 av. J.-C., Collection archéologique de Munich).

p. 95
Héphaïstos était pour les Grecs l' artisan le plus habile, le créateur des oeuvres les plus admirables de l' antiquité. On le voit ici remettre à Thétis les fameuses armes d' Achille, vantées par Homère dans l' Iliade. Le marteau à la main, il est en train d' examiner le casque du guerrier, alors que le bouclier et la lance sont déjà entre les mains de Thétis. (Kylix à figures rouges, 480 av. J.-C., Musée de Berlin).

me son nom («héphaistia» en grec). Les masses rocheuses, le feu et la lave projetés lors de leurs éruptions étaient attribués à l' activité d' Héphaïstos. C' est pour cette raison qu' il fut également adoré dans la région de l' Etna et représenté par les artistes comme le gardien permanent d' un monstre caché au fond d' une fournaise. C' est dans la tête de ce monstre qu' il avait installé sa forge et qu' il martelait le fer incandescent qui sortait des entrailles de la terre. C' est dans ce même contexte qu' a été interprétée l' intervention de Dionysos, le dieu de la vigne et du vin, dans les récits se rapportant au retour d' Héphaïstos dans l' Olympe. En effet, en Grèce et en Italie, les sols volcaniques sont particulièrement propices à la culture de la vigne. Il était donc logique que le dieu de la vigne eût de bons rapports avec le dieu des volcans.

p. 96
Les Grecs de l' antiquité considéraient Héphaïstos comme le protecteur des artisans. C' est lui qui, avec Aphrodite, dotait les artisans athéniens d'inspiration et de talent. Sur la kylix à figures rouges de la photographie figure un creuset pour la fonte des métaux dont les parois sont décorées de l' effigie d' Héphaïstos et d' Athéna (480 av. J.-C., Musée de Berlin).

Homère qualifiait Héphaïstos de *chalkéas* (chaudronnier), parce que de tous les dieux c' était lui le plus habile dans les arts des métaux. Tout jeune encore, lorsqu' il se trouvait dans le royaume marin de Nérée, il s' était adonné avec zèle à la fabrication d' objets en métal. C' est ainsi que la métallurgie devint son exclusivité, puisqu' elle ne pouvait s' exercer qu'avec l' aide du feu. Dans l' imagination des Grecs, le dieu, vêtu d' un chiton sans manches, l' exomide, coiffé d' un bonnet et tenant à la main marteau et tenailles, travaillait inlassablement sur son enclume, créant des oeuvres d' art incomparables. Le travail continu avait donné à ses bras une vigueur peu commune, mais ses jambes étaient atrophiées en raison de sa position assise. C' est ainsi que naquit, semble-t-il, le mythe qui le veut boiteux et lourdaud, afin de provoquer les rires des autres dieux.

Ses forges se trouvaient, selon la tradition, à Lemnos, où vivait le peuple légendaire des Sintiès. En son honneur, les habitants de l' île avaient donné son nom à l' une de leurs villes, Héphaistiada, avaient érigé un temple près de la montagne volcanique de

Mosychlos et pratiquaient un rite religieux particulier: une fois par an, ils éteignaient pendant neuf jours les feux de toutes les maisons, puis les réallumaient avec la flamme apportée du sanctuaire de Délos. A Lemnos, Héphaïstos engendra avec Cabirô, fille de Protée, les Cabires, esprits du feu et des métaux.

Cependant Héphaïstos habitait également dans l' Olympe avec son épouse Aphrodite (voir Aphrodite). Selon d' autres traditions, il aurait aussi épousé Charis et Aglaé, l' une des trois Charites (Grâces). Il disposait dans l' Olympe d' un second atelier, d' où sortirent les oeuvres les plus admirables du monde. Héphaïstos avait construit les palais des dieux, fabriqué le lit et la nacelle d' or d' Hélios, les cratères de Dionysos, ainsi que les flèches d' Apollon et d' Artémis. C' est également lui qui avait fabriqué le sceptre d' Agamemnon, le cep d' or envoyé par Zeus au père de Ganymède quand il avait emmené le jeune homme dans l' Olympe, le collier offert par Zeus à Europe, la couronne que portait Ariane lors de ses noces avec Dionysos, la faucille avec laquelle Persée avait décapité Méduse, les armes d' Héraclès et le fameux bouclier d' Achille, au merveilleux décor décrit par Homère dans l' Iliade. Héphaïstos n' était pas seulement un simple fabricant d' objets, c' était aussi un remarquable créateur d'êtres vivants. C' est lui qui conçut la première femme, Pandore, et donna vie à un chien en or, gardien de Zeus, aux chiens en or et en argent qui gardaient le palais d' Alcinoos, dans le pays des Phéaciens, ainsi qu' à deux taureaux aux pattes d' airain qui appartenaient à Aeétès roi de Colchide. Le géant de bronze Talos, qui veillait nuit et jour sur la Crète de Minos, et les deux jeunes filles en or qui aidaient le dieu lui-même dans ses déplacements, étaient également ses créations.

Grâce à son extraordinaire habileté, Héphaïstos était étroitement lié à la déesse de la sagesse et de l' ingéniosité, Athéna. Selon le mythe, c' était lui qui aurait fendu le crâne de Zeus d' un coup de hache pour faire naître la déesse, dont il tomba amoureux plus tard et qu' il voulut séduire. Comme elle le repoussait, son sperme tomba dans la terre attique, la féconda et donna vie à Erichthonios, le futur roi d'Athènes. En Attique, on croyait que ces deux dieux avaient appris aux artisans l' art de créer de belles oeuvres, ce qui explique qu' ils aient été adorés tous les deux dans un temple de l' Agora d' Athènes, le fameux Héphaïsteion (connu aujourd' hui sous le nom de Théséion).

HESTIA

Hestia, fille aînée de Rhéa et de Cronos, était adorée comme étant la plus ancienne déesse du panthéon grec. Plus âgée que les autres dieux, elle occupait en quelque sorte la première place dans l' Olympe et jouissait de la considération de tous et même de Zeus. Selon la tradition, celui-ci aurait même autorisé Hestia à être honorée dans tous les temples des dieux.

Un jour, Apollon et Poséidon, qui la désiraient tous les deux, voulurent la violer. La déesse leur échappa et, comme ceux-ci la poursuivaient, elle se jeta aux pieds de Zeus et, touchant sa tête, prêta serment de rester éternellement vierge. En effet, Hestia, de même qu' Artémis et Athéna, n' eut jamais de rapports avec les hommes et resta intacte et pure.

Hestia personnalisait pour les Grecs la sécurité et la sérénité familiales. Comme l'indique son nom, qui en grec signifie «foyer», elle était la déesse qui protégeait l'âtre, c' est-à-dire la flamme qui brûlait au centre de chaque maison et constituait un autel sacré depuis les temps préhistoriques. C' est sur cet autel que les membres de chaque famille sacrifiaient à leur déesse tutélaire, veillant à ce que la flamme restât toujours allumée pour sentir à chaque instant sa présence.

Les cités étant considérées comme une extension de la famille, Hestia était également adorée dans toute les villes grecques. Dans le Prytanée, centre de la vie publique, il y avait un autel consacré à Hestia, dont la flamme brûlait continuellement grâce à la vigilance des citoyens. Cet endroit servait d' asile aux suppliants et de lieu sacré où l' on sacrifiait aux dieux, prêtait des serments inviolables et accueillait les étrangers et les ambassadeurs. Avant de partir à la guerre ou d' aller fonder une nouvelle colonie, guerriers et futurs colons venaient prendre un peu du feu de l' autel d' Hestia.

Si Hestia possédait dans chaque ville un lieu de culte qui lui était consacré, elle était également adorée dans le grand sanctuaire de Delphes, qui était pour les Grecs l' *omphalos* (=nombril), c' est-à-dire le centre de leur pays et du monde entier. C'est là que se trouvait le foyer commun de tous les Grecs, situé à côté de la pierre-omphalos, symbole du centre de la terre. Il semble donc qu' Hestia n' était pas seulement la protectrice de la famille, mais aussi la gardienne de l' univers, au centre duquel elle siégeait.

p. 98
Hestia, la déesse protectrice de la sérénité familiale, assise sur un trône dans le palais de l' Olympe, tient dans ses mains des fleurs et des fruits. (Kylix à figures rouges, 520 av. J.-C., Musée archéologique national de Tarquinia).

LES AUTRES DIEUX

p. 100
En haut: Dionysos et Ariane, tels qu' ils sont représentés sur un cratère en calice. (380 av. J.-C., Athènes, Musée national).
En bas: Masque de théâtre représentant un satyre. Mosaïque de Rhodes. (Période hellénistique moyenne, Musée de Rhodes).

p. 101
Le fameux cratère à volutes en bronze de Dervéni, orné de représentations en relief figurant Dionysos et Ariane entourés d' un thiase (cortège dionysiaque). Sur le col du vase se détachent les figures de Dionysos, de deux ménades et d' un satyre. (330-320 av. J.-C., Musée archéologique de Thessalonique).

Dionysos

Dionysos ou Bacchos, bien que ne faisant pas partie des douze dieux de l'Olympe, était l' un des dieux les plus importants de la Grèce antique. Fils de Zeus et d' une mortelle –Sémélé, fille de Cadmos, roi de Thèbes– il ne fut pas honoré comme un simple demi-dieu ou un héros, comme c' était la coutume dans ces cas-là, mais il s'éleva dans la sphère divine et fut adoré avec les immortels. Il était d' ailleurs normal de rendre des honneurs particuliers à un dieu tel que Dionysos, dont la vie et les aventures inspirèrent la création du dithyrambe, du drame satyrique, de la comédie et de la tragédie: en un mot, du théâtre.

Selon la légende, Zeus serait tombé amoureux de Sémélé dès qu' il la vit. Après l'avoir séduite et rendue enceinte, il lui promit de réaliser son plus cher désir. Héra, qui s' était aperçue de l' infidélité de son époux, approcha Sémélé et la persuada de demander à Zeus une seule et unique faveur: celle d' apparaître devant elle sous la forme qu' il avait lorsqu' il avait épousé sa compagne légale. Au début, Zeus refusa sa proposition, mais ne pouvant pas manquer à sa promesse, il se présenta dans sa chambre sur son char, au milieu d' éclairs et de coups de tonnerre, brandissant sa foudre qui provoqua la mort de la jeune femme. Mais Gé, ayant pitié de l' enfant que Sélémé portait dans ses entrailles, fit pousser du lierre sur les colonnes pour le protéger des flammes. Zeus déchira aussitôt sa cuisse, y mit l' embryon, qu' il garda jusqu' à la naissance. Le moment venu, il sortit de sa cuisse Dionysos, qui prit les noms de *pyrigène* (né du feu) *mérorrahaphis* (cousu dans la cuisse) et *diplogénnéménos* (né deux fois).

p. 102
Cratère en calice à fond blanc, avec représentation d' Hermès remettant Dionysos nouveau-né aux nymphes de Nysa (440 av. J.-C., Musée du Vatican).
p. 103
En haut: Petit relief figurant le visage d' un satyre ivre (période hellénistique, Musée de Rhodes).
En bas: Dionysos couronné de lierre et tenant un canthare, son vase caractéristique, est accompagné d' un satyre qui joue de la lyre au cours d' une fête dionysiaque. (530 av. J.-C., British Museum).

Zeus savait cependant qu' Héra persécuterait également l' enfant et c' est pourquoi il le confia à la soeur de Sémélé, Ino, qui avait épousé le roi de Béotie Athamante. Héra l' ayant rapidement découvert, Zeus métamorphosa son fils en chevreau et chargea Hermès de le transporter sur le mont Nysa, où il fut élevé par les nymphes dans une grotte envahie de ceps de vigne sauvage. Même devenu adulte, Dionysos n' échappa pas à la fureur d' Héra; la déesse le rendait fou, l' obligeant à errer ici et là sans but. C' est ainsi qu' il parvint en Egypte, en Syrie et en Phrygie, où Rhéa le guérit et lui enseigna les rites des cérémonies qui seraient célébrées plus tard en son honneur. Le dieu reprit ses voyages en propageant sur son passage ces pratiques et la culture de la vigne.

Au cours de ses errances, Dionysos, revêtu de la *nébride* (peau de cerf) et couronné de lierre, se livrait à des danses effrénées avec les nymphes, provoquant un grand trouble. C' est pour cela qu' il fut surnommé *Bromios* et *Euios*, c' est-à-dire bruyant, tapageur. A tous ceux qu' il allait voir et qui le recevaient bien, il offrait son vin doux, afin qu' ils se réjouissent et soient réconfortés.

Mais ceux qui le repoussaient étaient durement punis, car son vin les rendait fous et leur faisait commettre des atrocités. Ainsi, en Etolie, il fut accueilli chaleureusement par le roi **Oenée** (oenos=vin), auquel il offrit un cep de vigne. Il fit le même cadeau à **Icarios,** du dème d' Icaria, en Attique, qui depuis lors s' appelle Dionysos.

Icarios voulut donner le vin du dieu à d' autres personnes, mais celles-ci, inexprérimentées comme elles l' étaient, le burent sans le couper et, ivres mortes, croyant que c' était du poison, tuèrent Icarios!

De nombreux mortels refusèrent cependant de participer aux cérémonies du dieu. Les filles du roi d' Orchomène, Minyas, s' enfermèrent chez elles et ne suivirent pas les autres femmes, qui couraient dans les bois. Saisies alors d' une folie furieuse, elles dépecèrent un enfant, se mirent à errer de ci de là et furent finalement métamorphosées en oiseaux. Comme le raconte Euripide dans les «Bacchantes», **Penthée,** roi de Thèbes, extrêmement réticent, fit arrêter le dieu et l' emprisonna. Dionysos, rapidement libéré, le persuada de monter sur la montagne et d' épier les femmes qui dansaient follement sous l' empire du vin. Parmi elles se trouvait Agavé, la mère de Penthée, qui n' hésita pas, avec l'

aide de ses compagnes, à mettre en pièces son fils, croyant qu'elle avait en face d' elle une bête sauvage! Ces mythes font apparaître la double nature du vin, mais aussi celle de son dieu protecteur. Quand le vin est bu avec modération, il conduit à l' exaltation de l' âme, mais quand il est consommé sans retenue, il peut mener à une folie catastrophique. Dionysos enseigna donc aux mortels le juste usage de ses dons et punissait tous ceux qui les refusait ou dépassait les limites permises.

p. 104
Intérieur de kylix au décor figurant une ménade tenant un thyrse (500 av. J.-C., Athènes, Musée de l' Agora).

p. 105
Pavement de mosaïque représentant Dionysos chevauchant une panthère, son animal favori. Le dieu, couronné de laurier et en habits de fête, tient un thyrse et un tambourin. Un collier de lierre orne également le cou de la panthère, qui semble très énervée. (IIe moitié du IIe s. av. J.-C., Maison des masques, Délos).

Pour les Grecs de l' antiquité, il fut avant tout le protecteur de la viticulture, du vin et, de manière plus générale, de la fécondité et de la végétation, Grâce à l' ivresse et aux danses extatiques il procurait aux hommes un sentiment de liberté illimitée qui les délivrait de leurs soucis quotidiens. C' est pour cette raison qu' il fut appelé *Lysios* (qui délivre des peines) et *Katharsios* (qui purifie l' âme). Il était accompagné dans ses pérégrinations d' un cortège de Ménades, de Satyres et de Silènes. Les **Ménades,** ou **Bacchantes,** étaient des femmes qui prenaient part aux cérémonies orgiaques du dieu. Tenant en main le *thyrse*, bâton couronné d' une pomme de pin et orné de feuilles de lierre et de vigne, elles étaient prises d' une folie divine et tombaient en extase en se livrant à des danses effrénées. Si elles voyaient devant elles un animal sauvage, elles déchiquetaient sa chair, qu' elles mangeaient, pensant entrer ainsi en contact avec le dieu, puisque Zeus l' avait métamorphosé en chevreau. Les **Satyres** et les **Silènes** étaient des êtres monstrueux, des esprits des bois pourvus de pieds et d' une queue de cheval, d' organes génitaux démesurés, d'un nez aplati, de cheveux frisés et d' une longue barbe. Les Silènes se distinguaient des Satyres par leur grand âge.

Leur seule occupation était de courir dans les forêts, de danser et de pourchasser les nymphes et les belles jeunes filles. Le dieu comptait éga lement parmi ses compagnons Pan aux pieds de bouc (voir Pan) et **Priape,** fils qu' il avait eu avec Aphrodite

p. 106
Au cours des cérémonies orgiaques de Dionysos, les ménades cédaient la place aux adoratrices, saisies d' une «folie divine», qui entraient en contact avec le dieu lui-même. Cette «folie» n' était pas nécessairement le résultat de l' ivresse, car elle visait avant tout à l' élévation psychique et spirituelle des adoratrices. Les femmes se livraient à des danses effrénées, oubliant leur rôle quotidien et renversant l' ordre établi pour y revenir finalement, régénérées. Sur cette kylix à fond blanc, une ménade avec des serpents dans ses cheveux, une peau de léopard sur les épaules et un thyrse à la main, danse dans un état d' extase mystique en tenant un petit félin (490-485 av. J.-C., Collection archéologique de Munich).

te et dont l' énorme phallus symbolisait la fertilité.

Le culte de Dionysos, célébré tout d' abord dans les régions rurales, se propagea ensuite dans toute la Grèce. Sa large expansion est attestée par le fait que le dieu avait son propre autel dans le temple d' Apollon à Delphes, où, selon la tradition, il demeurait, lorsqu' Apollon allait passer les trois mois de l' hiver dans le pays des Hyperboréens. Le culte dionysiaque fut introduit à Athènes par la ville d' Eleuthères, en Béotie, à l'époque de Pisistrate (VIe s. av. J.-C.). C'est dans cette cité que furent jetées les bases du théâtre, art qui a ses racines dans le *dithyrambe*, poème lyrique en l'honneur de Dionysos, chanté et dansé au son de la flûte par un groupe d' hommes déguisés en satyres. Très rapidement on vit se détacher du groupe un chef –le coryphée–, qui commençait à chanter avant les autres. Cette évolution constitua le premier noyau du drame grec antique. Grâce à différentes modifications, les chants choraux s' enrichirent d' un langage mimique, de vers métriques et de dialogues. C'est vers le milieu du VIe s. av. J.-C. que Thespis, originaire du dème attique d'Icaria, présenta pour la première fois un «hypocrite» (acteur), c' est-à-dire une personne qui ne faisait pas partie du choeur, mais conversait avec lui. Au VIe s. av. J.-C., le théâtre, parvenu à sa forme complète, atteignit son apogée et cultiva trois genres dramatiques: la tragédie, la comédie et le drame satyrique. Peu à peu le contenu des oeuvres cessa de se rapporter à la vie de Dionysos, mais les représentations théâtrales se donnaient toujours pendant les fêtes en l' honneur du dieu, les Grandes Dionysies et les Lénaia ou fêtes lénéennes. Les Grandes Dionysies étaient les fêtes dionysiaques les plus éclatantes. Elles étaient célébrées au mois d'Elaphébolion (mars-avril) pour commémorer l' implantation à Athènes du culte de Dionysos

Eleuthereus (d' Eleuthères). Deux jours avant leur commencement avait lieu le «proagon», au cours duquel les poètes renseignaient le public sur les oeuvres théâtrales qu' ils allaient présenter. Le jour suivant était consacré à la représentation du cheminement de Dionysos d' Eleuthères à Athènes; les fidèles transportaient la statue du dieu à l' extérieur des murs de la ville et la rapportaient la nuit au temple, à la lueur des torches. Le jour de l' ouverture, tous les citoyens se rendaient en cortège au sanctuaire de Dionysos, dans une joyeuse atmosphère de fête, les participants brandissant, en l' honneur du dieu, de gigantesques phallus. Après les sacrifices offerts dans le temple, commençait le concours de dithyrambe, qui se terminait par la désignation des lauréats et de grandes réjouissances dans les rues de la ville. Le reste de la fête était consacré aux représentations théâtrales. En une seule journée, cinq comédies de cinq poètes différents étaient présentées, tandis que les trois derniers jours, trois poètes tragiques coucouraient avec une tétralogie chacun (trois tragédies et un drame satyrique).

p. 107
Kylix à figures noires ornée d' une scène se rapportant vraisemblablement à la légende des pirates tyrrhéniens. Dionysos, détendu, boit du vin sur un bateau au mât couvert de pampres, tandis que dans la mer nagent des dauphins –les pirates métamorphosés du mythe. (540-530 av. J.-C., Collection archéologique de Munich).

Des représentations théâtrales étaient également données lors des **fêtes Lénéennes,** célébrées au mois de Gamélion (janvier-février) pour remercier le dieu de la production de vin. Deux poètes tragiques participaient au concours avec deux tragédies chacun et cinq auteurs comiques présentaient un total de cinq comédies. C'est également à Apollon qu' étaient consacrées les **Anthestéries** (fêtes des fleurs), qui avaient lieu au mois d' Anthestérion (février-mars). Ces fêtes comprenaient un banquet auquel assistaient tous les Athéniens, un concours où les participants de-

vaient vider le plus grand nombre possible de jarres de vin et une offrande de couronnes au dieu honoré. Il y avait également une cérémonie symbolique de mariage entre le dieu et la femme de l' archonte-roi, par laquelle toute la ville s'unissait à Dionysos pour s' assurer de riches récoltes. Le dernier jour, qui était consacré aux morts, les fidèles offraient à Dionysos et à Hermès Chthonios des marmites contenant des graines. Les **Petites Dionysies,** qui faisaient partie, elles aussi, des fêtes dionysiaques, conservaient les plus anciennes traditions se rapportant au culte de Bacchos. Elles se déroulaient au mois de Poséidon (décembre-janvier) et comprenaient des sacrifices au dieu, des banquets, différents concours pour le peuple, des cortèges, des danses bruyantes et des propos obscènes de paysans visant surtout à faire rire.

p. 108
Intérieur de kylix avec représentation de satyre sur un âne. Les satyres, êtres démoniaques aux pieds et à la queue de cheval, étaient les fidèles compagnons de Dionysos. Il semble que, lors des fêtes dionysiaques, les hommes se déguisaient en satyres en portant un masque avec une barbe et des oreilles d' animal et en attachant autour de leur taille un tablier auquel étaient fixés un phallus en cuir et une queue de bête. (520-510 av. J.-C., Musée de l' Agora d' Athènes).

Dionysos tenait également une place particulière dans les fêtes et les mythes de plusieurs régions grecques, notamment celles où la culture de la vigne était développée. Ainsi, c' est à Naxos que naquit la légende reliant le dieu à **Ariane,** fille du roi Minos de Crète. La tradition raconte que Thésée, après avoir tué le Minotaure, partit de Crète en emmenant Ariane, avec l' intention de l' épouser à Athènes. Selon la version la plus courante, il fut obligé d' accoster à Naxos, où il abandonna la jeune fille alors qu' elle dormait. Lorsqu' elle se réveilla, elle se mit à pleurer, effrayée de se retrouver seule; c' est alors que Dionysos s' approcha d' elle, l' aima et en fit sa femme. Ils eurent ensemble deux enfants: Oenopion et Staphylos. Cette légende sybolisait vraisemblablement la fertilité de la terre, puisqu' on pense qu' Ariane était à l' origine la déesse minoenne de la végétation. Il existait aussi dans les îles de la mer Egée une tradition intéressante concernant Dionysos. Alors qu' un jour le dieu se tenait sur le rivage, scrutant la mer, des **pirates tyrrhéniens** qui passaient au large le prirent pour un prince. Ils l' enlevèrent avec l' intention de demander une rançon au roi, son père présumé. Dionysos monta sans opposer de résistance sur leur bateau, qui soudain se remplit de vin. Du lierre se

mit à grimper sur le mât, les voiles se couvrirent de grappes de raisin, tandis que les rames se parèrent de fleurs. Le dieu luimême se métamorphosa en lion et dévora le chef des pirates. Les autres, effrayés par un ours apparu parmi eux, se jetèrent dans la mer, où ils furent transformés en dauphins. Un seul des membres de l' équipage ne connut pas le sort de ses compagnons, car, dès le début, il s' était opposé aux intentions des pirates. Ce qui frappe dans ce mythe, ce sont les métamorphoses de Dionysos, qui ont été reliées aux forces violentes que procure le vin aux hommes. Ce n'est d'ailleurs pas par hasard que dans les «Bacchantes» d' Euripide, le choeur dit à Dionysos: «*Apparais-leur, taureau! Montre, dragon, tes mille têtes! Révèle-toi, flamboyant lion!*»

p. 109
En haut: Dionysos à moitié ivre, allongé sur le dos d' un âne, un canthare avec du vin dans une main. (Athènes, Musée numismatique).
En bas: Cratère en calice avec représentation d' Ariane et de Dionysos, tendrement enlacés, au milieu de ménades et de satyres. Lors des noces du couple, Héphaïstos donna à la mariée une merveilleuse couronne et au marié des coupes d' argent. La couronne d' Ariane devint par la suite un astre brillant dans le ciel. (Début du IVe s. av. J.-C., Athènes, Musée national)

Asclépios

p. 110
Statue d' Asclépios. Le dieu s' appuie contre un support autour duquel est enroulé un serpent, symbole par excellence d' Asclépios, relié aux pouvoirs thérapeutiques de la terre. (IIe s. apr. J.-C., Musée archéologique de Rhodes).

Asclépios était le dieu-médecin par excellence des anciens Grecs, celui qui offrait la guérison et soulageait les douleurs des hommes. Selon la tradition la plus répandue, il serait né de l' union d' Apollon et de Coronis, fille du roi Phlégyas, de la région thessalienne de Lacéria. Cependant Coronis, avant même d' être enceinte d'Apollon, s' était fiancée à Ischys, fils d' Elatos, roi d' Arcadie. Le jour où devait avoir lieu son mariage avec Ischys, un corbeau avertit Apollon, qui, furieux, maudit l' oiseau, le condamnant à devenir noir –comme la nouvelle qu' il avait apportée–, puis tua Ischys de ses flèches. Coronis tomba à son tour sous les flèches d' Artémis. Mais Apollon, pris de pitié pour l' enfant, l' ôta du ventre de sa mère juste avant que celle-ci ne rende l' âme. Il lui enseigna plus tard l' art de guérir et l' envoya chez le Centaure Chiron, qui lui apprit l' usage des médicaments.

Toutefois d' autres régions, à part la Thessalie, revendiquaient, dans l' antiquité, l'honneur d' être la patrie d' Asclépios. L' une d' elles était Epidaure, où se trouvait l'un des plus importants sanctuaires du dieu. Les habitants croyaient que Coronis avait couché avec Apollon tout près de là et avait exposé le nouveau-né sur le mont Myrtio. Apollon protégea son fils en envoyant un chien veiller sur lui et une chèvre pour l' allaiter. Dans la région de Messène, on considérait qu' Apollon avait engendré Asclépios avec Arsinoé, fille du roi local Leucippe et que Coronis était simplement la nourrice de l' enfant.

Auprès de Chiron, sur les sommets boisés du Pélion, Asclépios acquit une grande expérience en médecine et sa renommée s' étendit rapidement dans toute la Grèce. De nombreux malades étaient guéris par ses soins; parmi eux se trouvaient d'illustres héros, puisque, selon la tradition, le dieu aurait pris part à l' expédition des Argonautes et à la chasse du sanglier de Calydon. Ses deux fils, Machaon et Podalirios, accompagnèrent les Grecs lors de la guerre de Troie et guérirent de nombreux guerriers blessés. De son épouse Epioné, Asclépios eut quatre filles: Iasô, Acésô, Panacée et Hygie, dont les noms se rapportent à la guérison et à la santé.

Asclépios ne se contenta toutefois pas de guérir les malades; il essaya aussi de ressusciter les morts. Ses efforts ayant été couronnés de succès, Hadès se plaignit à Zeus. Ce dernier, furieux de la présomption d' Asclépios, le tua d' un coup de foudre. Alors Apollon, pour venger la mort de son fils, tua les Cyclopes et fut condamné par la suite à devenir berger du roi Abdète. Après sa mort, les Grecs honorèrent Asclépios comme un dieu et l' adorèrent dans des sanctuaires appelés **Asclépieia.** Le plus ancien de ces sanctuaires était celui de Trikké, tandis que les plus importants étaient ceux d' Epidaure, de Cos, de Corinthe et de Pergame. C'est dans ces «ascléipeia» que furent réalisés le premiers pas de la médecine grecque, car les prêtres d' Asclépios connaissaient

p. 111
Relief votif figurant la famille d' Asclépios, vers laquelle se pressent des fidèles avec des offrandes. Le dieu, au centre, s' appuie sur un bâton où s'enroule un serpent. Il est suivi de ses fils, Machaon et Podalirios, et de ses filles Iasô, Akéso et Panacée. Oeuvre découverte dans l' Asclépieion d'Athènes, fondé vers 413 av. J.-C. sur le versant sud de l' Acropole. (IVe s. av. J.-C., Athènes, Musée national).

p. 112
En haut: Tête d' Hygie provenant du temple de la déesse Athéna Aléa, à Tégée. Oeuvre admirable, attribuée à Scopas, qui devait appartenir à la statue cultuelle de la déesse de la Santé. (360 av. J.-C., Athènes, Musée national).

En bas: la déesse Hygie était pour les Grecs de l' antiquité la plus importante des filles d' Asclépios et la personnification de la santé humaine. Sensée guérir les gens, comme son père, elle fut adorée dans toute la Grèce. (Statuette en marbre, IIIe s. apr. J.-C., Musée archéologique de Rhodes).

les méthodes thérapeutiques et guérissaient les malades en interprétant les signes envoyés par le dieu. A leur arrivée dans le sanctuaire, les malades étaient soumis à des jeûnes, des bains et des purifications, faisaient des sacrifices et, la nuit, s' étendaient sur des lits spéciaux ou des peaux d'animaux sacrifiés. Là, dans l' obscurité et le silence de la nature, ils voyaient en rêve Asclépios, qui leur indiquait les remèdes appropriés. Le lendemain, ils racontaient aux prêtres ce qu' ils avaient vu et ceux-ci interprétaient la vision des fidèles. Tous ceux qui étaient guéris offraient au dieu des ex-voto, des stèles faisant allusion à leur guérison ou des monnaies d' or et d' argent. Les médecins des asclépieia étaient appelés Asclépiades et se prétendaient descendants du dieu lui-même. Le plus célèbre d' entre eux fut le fameux médecin Hippocrate de Cos, particulièrement cher aux Grecs.

LES DIVINITÉS CÉLESTES

Hélios-Éos-Séléné
(Soleil-Aurore-Lune)

Hélios, fils des Titans Hypérion et Théia, était la personnification du soleil. Les Grecs l' imaginaient comme un oeil immense, qui voyait tout de haut, ou comme un beau jeune homme à la chevelure dorée, coiffée d' une couronne de rayons. Chaque matin, Hélios montait sur un char ailé traîné par des chevaux de feu et partait du Levant par le courant profond du fleuve Océan pour passer au-dessus de la terre et atteindre la voûte céleste. Au milieu de la journée, il se trouvait au zénith, puis redescendait vers la terre, arrivant au Couchant, où il s' enfonçait dans l' Océan. La nuit, il couchait dans un lit en or et ailé, fabriqué par Héphaïstos, et était transporté du pays des Hespérides au pays des Ethiopiens, où se trouvait sa demeure et où il gardait ses troupeaux sacrés de boeufs rouges. Selon une autre légende, la nuit, le dieu voyageait dans une nacelle d' or qui le conduisait du Couchant au Levant.

p. 113
Le trajet quotidien d' Hélios dans le ciel fut chanté par de nombreux poètes de l' antiquité, en admiration devant ses forces vivifiantes. Ainsi cet hymne homérique au dieu Soleil: «Hélios l' infatigable et l' égal des immortels, qui brille aussi bien pour les mortels que pour les dieux éternels en guidant ses chevaux et qui de ses yeux terribles voit tout derrière son casque d' or d' où étincellent des rayons tout de lumière...» Monnaie en or de Rhodes portant l' effigie du dieu (Athènes, Musée numismatique).

Hélios avait plusieurs épouses et de nombreux enfants: Séléné, qui était aussi sa soeur, l' Océanide Persé ou Perséis, avec laquelle il engendra Aeétès et Circé, Pasiphaé, femme de Minos, Rhodos, qui lui donna sept enfants renommés pour leur sagesse, Néaira, mère des fameuses Héliades qui gardaient ses boeufs et ses moutons, et Clymène d' Ethiopie, qui mit au monde Phaéton. La légende raconte qu' un jour **Phaéton** obtint de son père la permission de conduire son char pendant une journée. Mais, incapable de maîtriser les chevaux, il dévia de sa trajectoire et faillit

p. 114
Cratère en calice où Hélios est représenté, couronné de rayons dorés, en train d' accomplir son voyage quotidien sur son char tiré par des chevaux ailés. Au même instant, les étoiles, sous la forme de petits enfants, disparaissent en plongeant dans la mer. (435 av. J.-C., British Museum).

incendier la terre. Zeus, craignant alors une catastrophe totale, lança sa foudre et le tua. Phaéton tomba dans l' Eridanos, rivière athénienne, et fut enterré par les Nymphes et les Héliades. On raconte même que les larmes versées par ces dernières furent transformées en ambre.

Hélios était surtout adoré dans l' île de Rhodes, qui devait son nom à son épouse Rhodos. C' est à leur dieu préféré que les Rhodiens avaient dédié le fameux Colosse, statue en bronze de 32m de haut, considérée comme l' une des sept merveilles du monde, qui put être élevée par le sculpteur Charès de Lindos grâce au butin saisi après le siège infructueux de Démétrios Poliorcète, à la fin du IVe s. av. J.-C.

Une des soeurs d' Hélios était Éos «aux doigts couleur de rose», comme l' appelle Homère, personnification de l' aurore qui apporte la première lueur du jour et annonce l' arrivée du soleil. Son incomparable rayonnement et la fraîcheur qu' elle dégageait provoquaient l' admiration et firent battre plus d' un coeur d' éphèbe. Un jour, dit la légende, Arès l' ayant désirée et Éos ne lui ayant pas résisté, Aphrodite, folle de jalousie, la condamna à tomber amoureuse de chaque beau garçon qu' elle rencontrerait. Ainsi, la déesse lumineuse eut pour amants Astraeos –dont elle eut les vents Zéphyr, Borée, Eosphoros et les astres du ciel–, Cleitos, Céphalos –fils d'Hermès–, Orion et le très beau **Tithônos.** Elle avait attiré ce dernier sur son char de feu, l' avait emmené dans son palais et l' avait épousé. Afin de le garder pour toujours à ses côtés, elle demanda à Zeus de l' immortaliser. Si son souhait fut exaucé, Tithônos ne put cependant éviter la vieillesse et se ratatina tellement qu' on n' entendait plus que sa voix. Pour le délivrer de cette malédiction, Éos le métamorphosa alors en cigale. De leurs amours naquirent Emathion et Memnon. **Memnon** devint roi d' Ethiopie, prit part à la guerre de Troie aux côtés des Troyens et fut tué par Achille. Plusieurs artistes grecs ont trouvé une source d' inspiration dans cette légende et ont représenté de manière émouvante la scène de la mort de Memnon, le désespoir d' Éos et la descente du défunt aux Enfers.

p. 115
Couvercle de pyxis où est représenté le cycle du jour: en bas, Hélios, sur son char, se met en route pour son voyage dans le ciel, tandis qu' au même instant Séléné a disparu et que seul apparaît l' arrière-train de son cheval. Plus loin, on aperçoit la Nuit ailée s' enfuyant sur son char (2e moitié du Ve s. av. J.-C., Athènes, Musée national).

Le troisième enfant d' Hypérion et de Théia était Séléné, qui offrait aux hommes la clarté nocturne de la lune. Sa luminosité éveilla, dit-on, la flamme amoureuse de Zeus, qui fut le père de sa fille Pandia. En Arcadie, on considérait qu' elle avait comme amant le dieu Pan aux pieds de bouc, tandis qù' ailleurs on la présentait comme épouse d' Hélios, avec lequel elle aurait eu les trois Heures. Toutefois celui qu' elle préférait était **Endymion,** qui avait supplié Zeus de lui donner une jeunesse éternelle et un sommeil éternel. Ainsi Séléné rencontrait Endymion le soir et couchait avec lui dans une grotte du mont Latmos, en Carie. De leur liaison naquirent cinquante filles, qui représentaient vrasemblablement les cinquante semaines d' une année lunaire. Le lion de Némée et Ersé, qui symbolisait la fraîcheur de la nuit, étaient également considérés comme enfants de Séléné.

Iris-Harpies-Vents

p. 116
Fragment de plaque de la frise E. du Parthénon, où l' on voit Iris –messagère des dieux et personnalisation de l' arc-en-ciel– prête à accueillir, elle aussi, la procession des Panathénées (440 av. J.-C., Musée de l' Arcopole).

p. 117
En haut: Relief d' ivoire du sanctuaire de Delphes illustrant une scène du mythe de Phinée: les Harpies poursuivies par les Boréades, fils du vent Borée (VIe s. av. J.-C., Musée archéologique de Delphes).

Pour les Grecs de l' antiquité, Iris représentait l'arc-en-ciel aux couleurs magiques, qu' ils s' imaginaient être la robe ou le voile de la déesse. Et comme l' arc-en-ciel multicolore semblait à leurs yeux relier terre et ciel, ils considéraient Iris comme étant la messagère des dieux, capable de courir du monde céleste au monde terrestre pour transmettre les messages divins. Iris était fille de Thaumas, fils de Pontos, et d' Electre, fille d' Océanos. Les artistes la représentaient comme une jeune femme resplendissante, portant des sandales ailées et des ailes dorées qui lui permettaient de courir aussi vite que le vent. Selon la tradition, elle avait pour soeurs les Harpies, oiseaux de la tempête, et pour amant le vent Zéphyr.

Les Harpies –Aello, Ocypété et Celaeno– étaient des monstres ailés rapaces qui se déplaçaient comme une tempête, emportant tout sur leur passage. Avec leur corps d' oiseau et leurs griffes crochues, elle se lançaient sur les récoltes et les aliments des hommes pour les dévorer. Une de leurs victimes fut **Phinée**, devin aveugle du Bosphore. Les Harpies s' emparant de sa nourriture, il serait mort de faim si les Argonautes, venus le consulter au sujet de leur voyage, ne l' avaient trouvé à temps. Ils envoyèrent alors les fils du vent Borée, Zétès et Calaïs, les chasser ou, selon une autre version, les tuer.

Si les vents tempétueux étaient symbolisés dans la mythologie grecque par les terribles Harpies, les Vents normaux, eux, avaient une apparence humaine et faisaient du bien aux hommes. Les principaux étaient Borée, Notos, Euros et Zéphyr, fils d' Éos et d' Astraeos. Borée soufflait avec violence du haut des montagnes de la Thrace et était le plus puissant. C' est lui qui enleva, sur les rives de la rivière Ilisos, **Orithyie**, fille du roi d' Athènes Erechthée, qu' il emmena dans son pays, où elle mit au monde Zétès, Calaïs, Chioné (neige) et Cléopatre. Un jour, Borée, attiré par les juments d' Erichthonios de Troie, se métamorphosa en étalon, les monta et donna vie à douze chevaux qui galopaient dans les airs. Zéphyr, le vent rapide et frais de l' ouest, engendra, lui aussi, deux chevaux: Balios et Xanthos, les fameux chevaux d' Achille. Le même Zéphyr étant tombé un

jour amoureux de Hyacinthe, le protégé d' Apollon, fit dévier, par jalousie, la flèche du dieu. Le malheureux jeune homme, mortellement blessé, fut métamorphosé en jacinthe. De l'union de Zéphyr avec Flora naquirent également les fleurs printanières. Quant aux deux autres vents, Notos et Euros, ils soufflaient respectivement du sud et du sud est.

p.117
En bas: Relief représentant un vent qui orne l' Horloge d' Andronicos de Cyrrhos, située près de l' Agora romaine d' Athènes et plus connue aujourd'hui sous le nom de Tour des Vents (Ier s. av. J.-C.).

Pléiades-Hyades

Les Pléiades étaient les sept filles d' Atlas et de l' Océanide Pléione, qui furent transformées en étoiles parce qu' elles souffraient de voir leur père soutenir le monde sur ses épaules. Les Hyades, reliées à la constellation du Taureau, étaient les nymphes qui élevèrent Dionysos à Nysa. Selon la légende, elles avaient un frère, Hyas, qui mourut d' une morsure de serpent. Pour les délivrer de leur chagrin, Zeus les métamorphosa en étoiles.

DIVINITÉS DE LA TERRE

Hadès-Charon

Hadès, fils de Cronos et de Rhéa, avait pour frères Zeus et Poséidon. Lorsque l'univers fut réparti entre les trois à la fin de la Gigantomachie, il reçut en partage le monde souterrain. Le principal attribut du dieu des Enfers était la *cynée*, coiffe dont lui avaient fait don les Cyclopes et qui pouvait le rendre invisible. En effet, Hadès restait toujours enfermé dans un lieu invisible et brumeux, sous la terre. Il ne monta qu' une seule fois dans le monde des vivants pour enlever Perséphone, qui devint sa femme et passait un tiers de l' année avec lui (voir Déméter-Perséphone). Le séjour de Perséphone dans le royaume des ténèbres symbolisait les préparations qui avaient lieu dans le sous-sol, afin que les graines puissent germer et donner des fruits. C' est ainsi qu' Hadès fut relié à l' abondance de la production agricole et reçut le nom de *Pluton*, c'est-à-dire celui qui apporte la richesse. Cependant, dans la mythologie grecque, c' est l' idée de la mort et non de l' abondance qui prévalut pour Hadès. Immédiatement après leur mort, les défunts descendaient dans son royaume sombre et sinistre, prison éternelle gardée par le fidèle **Cerbère,** chien sauvage et impitoyable. Ils arrivaient devant les portes de l' Hadès après avoir traversé soit le fleuve Achéron et le lac Achérousie, soit –selon certaines légendes locales– d' autres fleuves ou dépressions terrestres. Mais le seul fleuve des Enfers était le terrible Styx, au nom duquel les dieux prêtaient des serments inviolables.

Le transport des morts dans l' Hadès était effectué, selon la tradition, par Charon, l' infatigable nocher, qui franchissait avec sa barque un fleuve ou un lac avant d'arriver devant les portes des Enfers. Il recevait en récompense pour sa peine une obole, que les vivants plaçaient dans la bouche du mort. Polygnote, le grand peintre du Ve s. av. J.-C., avait décoré les

p. 119
Hadès n' était pas seulement le dieu terrible des Enfers, qui apportait la mort aux êtres humains. C' était également un dieu donneur de vie, qui préparait sous la terre le renouveau de la nature. Sur cette pélike à figures rouges, il tient une corne contenant les graines qu' il sème dans un champ labouré. A ses côtés, Déméter, déesse de l' agriculture, tient une charrue. (430-420, Athènes, Musée national).

murs de la Lesché des Cnidiens à Delphes d' une peinture figurant la descente aux Enfers (*Nékya*), où le vieux Charon était représenté transportant dans sa barque une femme et un homme. Cependant la croyance des Grecs en Charon doit être tardive, puisque, au début des temps historiques, seul Hermès était mentionné comme guide des âmes mortes (Psychopompe).

Pan

Le culte de Pan, le dieu pastoral le plus important de l' Arcadie, fut propagé dans le reste de la Grèce par les fêtes orgiaques de Dionysos, à la suite duquel le dieu des bergers appartenait. Les Grecs le représentaient avec des pieds de bouc, un corps velu, une chevelure touffue, une barbe et des oreilles pointues, des cornes et un rire sarcastique. C' était un démon agile des montagnes et des forêts, qui chassait, chantait, dansait et forniquait avec les nymphes, mais aussi avec les animaux.

Les légendes sur ses origines sont nombreuses. Selon les unes, il était fils de Gé et d' Ouranos, selon d' autres de Cronos et de Rhéa ou encore d' Hermès et de quelque nymphe inconnue. D' après cette dernière version, quand Pan naquit, sa mère, ne pouvant supporter sa laideur, l'abandonna. Mais Hermès le prit avec lui dans l'Olympe, le présenta aux dieux, qui l' aimèrent et l' accueillirent parmi eux. Pan assistait même Zeus dans les

p. 120
Statuette de Pan provenant du sanctuaire de la région de l' Ilissos, à Athènes. Le dieu pastoral est assis, jambes croisées, sur un rocher recouvert d' une peau de bête. Il porte sur ses épaules une autre peau et devait tenir dans ses mains une syrinx. (Période hellénistique, Athènes, Musée national).

cas difficiles; ainsi, pendant la Gigantomachie, il poussait des cris terribles et faisait fuir les adversaires des dieux, d' où le mot «panique». Il suivit la même tactique lors des guerres médiques, en semant la «panique» parmi les ennemis des Grecs.

Pan est considéré comme l' inventeur de la flûte pastorale, la flûte de Pan, dite aussi syrinx, du nom de la nymphe Syrinx. Selon le mythe, **Syrinx,** afin d' échapper aux assiduités du dieu, se métamorphosa en roseau, que Pan coupa pour en faire une flûte. Il défia ensuite Apollon de concourir contre lui avec sa lyre, mais seul un des juges, Midas, lui donna la préférence. Apollon punit Midas de son audace ecn faisant pousser des oreilles d' âne sur sa tête.

Outre Syrinx, Pan pourchassa encore bien d' autres belles jeunes filles pour s'accoupler à elles, ce qui en fait l' un des dieux les plus importants de la fécondité et le symbole des pulsions sexuelles irrépressibles de l' homme. Le dieu à pieds de bouc tomba amoureux de **Pitys** (=pin), qui se métamorphosa en pin pour lui échapper, de Séléné, à laquelle il s' unit revêtu d' une peau de mouton, alors qu' elle jouait avec ses brebis, et de la nymphe **Echo,** qui eut une triste fin. Comme celle-ci l' avait repoussé, Pan envoya quelques bergers la couper en morceaux, si bien que seule la voix de la jeune fille resta pour «faire l' écho».

p. 121
Relief attique fiunegurant les nymphes dansant, main dans la main, dans grotte, aux sons de la syrinx de Pan (IVe s. av. J.-C., Athènes, Musée national).

Nymphes

Les nymphes, divinités de la nature, étaient de charmantes jeunes filles qui passaient leur temps à danser dans les bois, au bord des rivières, près des sources et dans les prés fleuris. Elles étaient considérées comme étant filles de Zeus, nées des eaux du ciel qui tombaient sur la terre en formant dans le sol des nappes d' eau, d' où elles jaillissaient ensuite sous l' aspect de sources. C' est pour cette raison que les nymphes, reliées à l' eau et à la végétation, étaient adorées près de rivières, de fontaines et de grottes humides. Leurs fidèles les baptisaient de différents surnoms, qui dévoilent leurs particularités. Il y avait ainsi les nymphes Crénées (des fontaines), les Naïades (des eaux), les Méliades et les Dryades (de la végétation et des arbres), les Alséides (des bois sacrés), les Oreiades (des montagnes), les Epimélides (protectrices des moutons) et les «Courai» (nourrices). Leur relation avec la fertilité et la végétation apparaît dans plusieurs mythes qui les présentent aux côtés de Pan, d' Hermès Chthonien, de Perséphone, des Satyres et de Dionysos, tous reliés de différentes manières à la fécondité de la terre. Les nymphes ont survécu dans la tradition populaire comme des fées ayant conservé leurs traits distinctifs originels.

p. 122
Relief votif en forme de petit temple, provenant du Pentélique. Trois nymphes richement vêtues suivent Hermès et Pan, qui accueillent trois adoratrices (360 av. J.-C., Athènes, Musée national).

ÉROS

Selon la Cosmogonie d' Hésiode, Éros, né du Chaos, était le plus beau des immortels, celui qui insufflait à tous le doux désir. Ainsi la passion amoureuse, représentée sous la forme d' Éros, était-elle considérée comme un élément premier, qui existait déjà avant la création du monde et provoqua même cette création en donnant vie aux êtres par l' intermédiaire de sa force d' attraction. Un grand nombre d' autres légendes présentent Éros comme étant fils d' Ouranos et de Gé, de Cronos et de Rhéa, ou encore d' Iris et de Zéphyr. Mais, selon la version la plus courante, Éros serait né de la déesse la plus érotique, Aphrodite, et du dieu le plus sauvage, Arès.

Dans l' esprit des hommes, le fils d' Aphrodite était un jeune garçon très beau, un dieu ailé armé de flèches magiques qui perçaient le coeur des mortels, mais aussi des immortels. Avec

p. 123
Relief représentant des petits Amours dansant et jouant de la musique.

Iméros et **Pothos,** qui symbolisaient les désirs amoureux, il accompagnait Aphrodite et au printemps, quand la terre se couvre de fleurs, ils quittaient tous Chypre pour aller répandre parmi les hommes leur puissance fécondatrice. Éros était un enfant malin, qui se plaisait à torturer ses victimes et à brûler leur âme. Aussi les Grecs le présentaient-ils souvent à côté de **Psyché,** la personnalisation des sentiments humains, et l' imaginaient tantôt la blessant et la faisant pleurer, tantôt l' embrassant tendrement. A côté d' Éros, on adorait également **Antéros,** qui personnifiait la résistance opposée par le coeur à la passion amoureuse. Éros était celui qui aime et Antéros celui qui est aimé.

Charites (Grâces) - Hébè

p. 124
Eros, le dieu ailé de l' Amour avait, pour les Grecs de l' antiquité, l'aspect d' un enfant insouciant qui apportait aux hommes la joie, mais aussi la peine.

Les Charites étaient pour les Grecs les divinités qui donnaient aux mortels la joie, la beauté et la grâce. Selon Pindare, c'est d'elles que provenait tout ce qui est agréable et doux et c' est grâce à elles que l' homme devenait sage, beau et célèbre. Les légendes les présentent comme des filles soit d' Hélios et d' Aeglé (Gloire), soit de Zeus et d' Eurynomé, soit de Zeus et d' Héra, ou encore de Dionysos et d'Aphrodite. Les Charites, fidèles compagnes d' Aphrodite, aimaient s' amuser, danser, chanter et parer de fleurs odorantes les déesses et les belles femmes. Bien que les auteurs de l' antiquité citent plusieurs noms de Charites, trois d' entre elles seulement étaient connues des Grecs: Euphrosyne, Thalie et Aglaé.

Hébè (=jeunesse) symbolisait la jeunesse éternelle et la joie de vivre. Cette fille de Zeus et d' Héra vivait dans le palais de l' Olympe, où elle aidait sa mère dans les tâches domestiques et servait aux dieux le nectar. Lors des fêtes, elle accompagnait les Charites, Harmonie, les Heures et Aphrodite dans leurs danses, au son de la musique et des chants d' Apollon et des Muses. Quand Héraclès monta dans l'Olympe, il épousa Hébè, s' assurant ainsi une jeunesse éternelle.

p. 125
Relief votif de l' Acropole d' Athènes représentant les Charites (Grâces) dansant aux sons d' une musique jouée vraisemblablement par Hermès (fin du VIe s. av. J.-C., Musée de l' Acropole).

Muses

p. 126
Pavement de mosaïque de Cos figurant les neuf Muses et leurs symboles (Période romaine, Palais des grands-maîtres, Rhodes).

Le mythe raconte qu' après avoir vaincu les Titans, les dieux demandèrent à Zeus de créer de nouvelles forces divines capables de glorifier cette grande victoire. Zeus coucha alors pendant neuf jours avec Mnémosyne, fille d' Ouranos et de Gé, et engendra les neuf Muses. Leur lieu de naissance est situé par les auteurs sur les monts Piéria (Muses Piérides), tout près de l' Olympe, où se trouvait leur plus important sanctuaire. Toutefois, selon d' autres légendes, elles auraient résidé dans l' Olympe (*Olympiennes*), en Thrace, à Thespiès, en Béotie ou sur le mont Hélicon (*Hélico-*

niennes). Hésiode rapporte même qu'un jour elles l'approchèrent sur l'Hélicon et lui offrirent le don de la poésie. C' est lui aussi qui, dans sa «Théogonie» désigne le nombre et les noms des Muses, qui restèrent inchangés pendant toute l'antiquité. Les neuf Muses, qui faisaient don aux poètes de la mémoire et de la faculté d' expression, protégeaient, chacune séparément, une certaine forme d' art. Clio était la muse de l' histoire, Euterpe de l' art de jouer de la flûte, Thalia de la comédie, Melpomène de la tragédie, Terpsichore de la poésie lyrique et de la danse, Erato du chant nuptial, l' hyménée, Polymnie de la pantomime, Uranie de l' astronomie et Calliope de la poésie épique. Accompagnées d' Apollon Musagète, elles apaisaient les dieux en jouant de la lyre, chantaient comme des rossignols (c' est pourquoi cet oiseau est leur symbole) et dansaient toutes ensemble, charmant par leur grâce la nature tout entière. Elles transmirent leurs dons artistiques à plusieurs de leurs enfants, parmi lesquels de nombreux aèdes de l' antiquité. Ainsi Calliope, la plus vénérée d' entre elles, mit au monde Orphée et Linos, Clio enfanta Hyacinthos, Melpomène aurait été –selon une version– la mère des Sirènes, Thalia celle des Corybantes et Euterpe aurait donné le jour au roi de Thèbes Rhésos.

Tyché -Moires

Tyché était la déesse qui offrait aux mortels la bonne fortune, la richesse et l'abondance. En général, elle est représentée tenant dans ses mains la corne d'abondance (corne d' Amalthée), le petit dieu Ploutos (=richesse) et une gerbe d'épis de blé (symboles de la richesse de la terre). A partir de la période hellénistique, elle fut considérée comme responsable du sort des villes; c' est pourquoi la fameuse statue du sculpteur Eutychide, à Antioche, la représente avec une couronne ayant l'aspect des murailles de la ville. Pendant la période romaine, la plupart des cités possédaient un temple dédié à Tyché, leur déesse tutélaire.

Les Moires étaient, selon Hésiode, filles de Zeus et de Thémis. C' est d' elles que dépendaient la naissance, la vie et la mort de chaque être mortel et aucun dieu, même pas Zeus lui-même, ne pouvait intervenir pour changer leur décision. Ainsi Clothô tissait le fil de la vie de chaque homme, Lachésis fixait les parts revenant à chacun et l' inflexible Atropos coupait le fil de la vie et apportait la mort.

p. 127
La muse Erato était la protectrice de la poésie amoureuse. Elle est en général représentée avec une lyre, comme dans cette statue de l'Achilleion de Corfou.

Thémis - Heures

Thémis, fille d' Ouranos et de Gé, qui habitait dans l' Olympe, était gardienne de l'ordre entre les dieux et les hommes. C'était sous sa responsabilité que se trouvaient la protection de chaque institution, l' observation des lois et l' aide apportée aux faibles. Ces qualités la mettaient en contact avec Zeus, le maître du ciel, dont dépendait la justice. Aussi était-elle présentée dans les légendes comme sa deuxième épouse, après Métis. De leur union naquirent les Moires et les Heures.

Les Heures étaient gardiennes des portes du ciel, qu' elles pouvaient ouvrir et fermer à l' aide d' un nuage épais. C' étaient de fidèles compagnes d' Aphrodite, qu' elles avaient été les premières à accueillir, lorsqu' elle était née de l' écume de la mer à Chypre. Comme l' indiquent leurs noms –Eunomie, Diké et Eirènè– elles donnèrent aux hommes les bonnes lois, la justice et la paix. A une époque ultérieure, les Heures représentèrent les saisons de l' année; elles étaient alors quatre et avaient pour père Cronos.

Némésis-Erinyes

De l' époque d' Homère à celle d' Hésiode, Némésis n' était pas une déesse, mais une notion philosophique, une conscience morale. Les hommes, limités dans leur vie par des barrières, étaient obligés d' observer certaines lois morales que les dieux eux-mêmes leur avaient imposées. Les oppositions à ces lois morales ou le fait d'outrepasser les forces humaines constituaient pour les anciens Grecs une offense envers les dieux appelée «hybris» (orgueil). Lorsqu'un mortel avait commis un péché d' orgueil, la «némésis» lui en faisait subir les conséquences. La «némésis» était donc la force qui punissait l' injustice, la justice divine. La crainte de la colère et du châtiment des dieux explique que les mortels aient institué plus tard le culte de la déesse Némésis. Son principal sanctuaire, qui se trouvait à Rhamnonte, en Attique, abritait une magnifique statue de la divinité, oeuvre du sculpteur Agoracrite.

p. 129
Statue de Thémis trouvée à Rhamnonte, en Attique. Sur la base on peut lire le nom du sculpteur (Chérestratos) et du donateur (Mégaclès). Thémis était adorée à Rhamnonte dans le sanctuaire de Némésis, déesse à laquelle elle était étroitement reliée, puisque toutes deux veillaient au maintien de l' ordre moral (IIIe s. av. J.-C., Athènes, Musée national).

Les Erinyes –Alectô, Mégère et Tisiphoné– naquirent du sang d' Ouranos, lorsque celui-ci eut les parties génitales coupées par Cronos. C' étaient des divinités chthoniennes apparentées à Némésis et à Thétis, qui veillaient à l' équilibre de l'univers et au

maintien de l' ordre moral. Elles s'avéraient des justicières particulièrement farouches dans des cas de manque de respect envers les parents, de parjure, d' injustice envers les pauvres, d' arrogance et surtout de meurtre. Tous les hors-la-loi étaient pourchassés sans pitié par leur folie vengeresse. Ainsi, lorsqu' Oreste tua sa mère Clytemnestre, parce qu' avec l' aide de son amant Egisthe elle avait assassiné son mari Agamemnon, les Erinyes, avec leur haleine brûlante, leurs yeux rouges de sang et leur chevelure de serpents, le poursuivirent jusqu' au temple d' Apollon à Delphes. Grâce à l'intervention d'Athéna, elles acceptèrent que le matricide fût jugé à l' Aréopage d' Athènes, puis changèrent de nature et devinrent des **Euménides** en offrant dès lors à la terre leur bénédiction, c' est-à-dire la fécondité et la fertilité.

Cabires-Telchines

Les Cabires étaient des démons dont le culte était originaire des côtes de la Troade. Selon la tradition, c' étaient trois enfants d' Héphaïstos et de Cabirô, fille de Protée. Il semble donc qu' ils aient été reliés au feu à cause d' Héphaïstos et à la mer, puisque Protée était une divinité marine. Leur culte se développa notamment à Lemnos, l' île sacrée d' Héphaïstos, où le dieu avait son atelier. Les Cabires y étaient considérés comme les protecteurs des métallurgistes, mais aussi de la vigne qui poussait en abondance sur le sol volcanique de l' île. Les cérémonies en leur honneur étaient célébrées par les habitants dans une atmosphère de fête dionysiaque.

Un autre grand sanctuaire des Cabires se trouvait à Thèbes, où l' on adorait un vieux Cabire et son fils. Ces divinités, qui étaient reliées au feu, à la fécondité et à la végétation de la terre, protégeaient le passage de l' enfance à l' adolescence. Nous savons que des cérémonies d' initiation, au cours desquelles on sacrifiait des taureaux et buvait du vin, avaient lieu dans le Cabirion de Thèbes, mais le contenu exact de ces Mystères nous est inconnu.

Un culte à mystères était également célébré à Samothrace en l'honneur des Grands Dieux. Ces divinités, appelées Axiéros, Axiokersa, Axiokersos et Casmilos, furent confondues plus tard avec les Cabires, qui, à Samothrace, avaient également une nature chthonienne.

Les Telchines, les premiers habitants de Rhodes, étaient des

p. 131
Fragment de skyphos à figures noires provenant du Cabirion de Thèbes. A droite, on aperçoit Cabire, assis, un canthare à la main (comme Dionysos), et, devant lui, un jeune homme appelé Pais, puisant du vin d'un cratère à l' aide d' une oenochoé. A gauche, un couple –Cratia et Mitos– s' étreignant amoureusement à côté d' un enfant, Pratolaos. Ces trois figures sont rendues de manière caricaturale, comme c' est le cas pour beaucoup de vases découverts dans le Cabirion de Thèbes. (Début du IVe s. av. J.-C., Athènes, Musée national).

êtres apparentés aux Cabires. Ils auraient élevé Poséidon, qui épousa plus tard leur soeur Halia, avec laquelle il eut six fils et une fille, Rhodos. Un jour, les Telchines durent quitter leur île en raison d' une grande catastrophe. Seule Rhodos y resta et lui donna son nom, après qu' Hélios l' eut épousée et arrêté le cataclysme. Les Telchines ne purent toutefois pas retourner à Rhodes, où ils avaient été supplantés par les descendants d'Hélios, les Héliades.

Pour les Grecs, les Telchines étaient de terribles démons qui ressemblaient à des hommes, à des serpents et à des poissons et vivaient aussi bien sur la terre ferme que dans la mer. Ils avaient des pouvoirs magiques, pouvaient dessécher la terre et assécher les sources, brûler les plantes et provoquer la grêle, la neige et les cataclysmes. Conceptions qui reflètent vraisemblablement de très anciens bouleversements géologiques, qui avaient frappé entre autres l' île de Rhodes.

Mais les Telchines étaient aussi d' excellents artisans, des métallurgistes habiles qui furent les premiers à travailler le fer et le bronze et façonnèrent de très belles statues de dieux. C' étaient eux qui avaient fabriqué le trident de Poséidon et la faucille avec laquelle Cronos avait tranché les organes génitaux d' Ouranos. Bien entendu, ils gardaient précieusement les secrets de leur art, ce qui explique qu' il aient été considérés par les mortels comme des magiciens aux pouvoirs surnaturels.

DIVINITÉS MARINES

Nérée-Néréides

p. 132
Pyxis à figures rouges représentant Poséidon et la Néréide Amphitrite. Lorsque Poséidon voulut séduire la jeune fille, celle-ci lui échappa (image). Elle ne revint auprès de lui qu' après avoir été retrouvée par un dauphin qui lui assura qu' elle deviendrait l' épouse du grand dieu. (460 av. J.-C., Athènes, Musée national).

p. 133
Statue de Sirène qui couronnait un monument funéraire. La belle Sirène, moitié femme, moitié oiseau, se lamente sur la tombe du défunt en jouant probablement de la lyre (IVe s. av. J.-C., Athènes, Musée national).

Nérée, l' une des divinités marines de la Grèce antique, était fils de Pontos (la Mer) et de Gé. Les auteurs le présentaient comme un vieillard aux cheveux aussi blancs que l' écume des vagues. Il habitait au fond de la mer, dans un merveilleux palais aménagé dans une grotte. C' est de là qu' il envoyait ses forces bienfaisantes aux marins et veillait à la sérénité de la mer. Nérée s' unit à Doris, fille d' Océanos, dont il eut cinquante filles, les Néréides. De même que leur père, celles-ci venaient en aide aux marins et facilitaient les voyages en mer en chassant les tempêtes et les vents violents. Elles comptaient parmi les plus belles femmes de la mythologie grecque et habitaient dans une grotte d' argent près de Nérée. On pouvait les entendre chanter sur les rivages et les voir danser sur le dos des dauphins. Les plus connues d'entre elles étaient Amphitrite, épouse de Poséidon, Thétis, mère d'Achille, et Galatée, qui épousa le Cyclope Polyphème.

Protée

Un autre dieu marin présenté sous les trait d' un vénérable vieillard était Protée. On situait son royaume en Chalcidique ou sur la petite île de Pharos, en Egypte. Le roi de Sparte Ménélas voulut le rencontrer dans ce pays afin de connaître son avenir, puisque Protée était réputé pour ses dons divinatoires. Ne pouvant toutefois pas approcher un dieu, il revêtit une peau de phoque et se coucha sur le rivage parmi les phoques, à l' endroit où Protée faisait sa sieste. Lorsque Ménélas s' élança vers lui, Protée se métamorphosa en lion, en dragon, en tigre, en sanglier, en eau et en arbre, mais finit par céder et répondit à toutes les questions. Une tradition très répandue veut que Protée ait accueilli dans son pays la Belle Hélène, alors que les Grecs, croyant qu' elle avait été enlevée par Pâris, partirent assiéger Troie. A la fin de la guerre, Ménélas retrouva sa femme en Egypte et la ramena à Sparte. Protée, avec son don des métamorphoses, était censé personnifier les vagues, qui, selon le temps, prennent des aspects terribles.

Triton

Triton, fils de Poséidon et d'Amphitrite, vivait avec ses parents au fond de la mer. C' était un monstre gigantesque qui pouvait provoquer des tempêtes, déplacer des îles et se métamorphoser brusquement, semant la panique. La première image de Triton, qui reflétait la force imprédictible de la mer, se transforma peu à peu et les Grecs imaginèrent un grand groupe de Tritons qui constituaient un choeur marin, pareil à celui des Néréides. Fidèles serviteurs de Poséidon, ils nageaient, dansaient, tombaient amoureux, faisaient de la musique en soufflant dans des conques et indiquaient aux marins les voies maritimes.

p. 134
Triton était un énorme monstre marin, à corps d' homme se terminant par une queue de poisson. On le voit ici entouré de Néréides, annonçant à Doris l' enlèvement d' Amphitrite par Poséidon (Pyxis à figures rouges, 460 av. J.-C., Athènes, Musée national *–voir p. 132).*

Sirènes - Scylla - Charybde

Les sirènes étaient des monstres marins à tête de belle femme et corps d' oiseau. Elles habitaient sur des côtes rocheuses ou des récifs et entraînaient les bateaux vers des rivages dangereux en enjôlant les marins de leurs chants. Comme le dit Homère dans l' Odyssée: «*Celui qui approche par ignorance et écoute le son des Sirènes, ses tendres enfants pleins de joie et sa compagne ne le verront pas revenir dans sa patrie*». En raison de leur épouvantable caractère, les sirènes furent reliées à la mort et étaient représentées à côte de monceaux de squelettes humains. Selon le mythe, elles se seraient mesurées en chant avec les Muses et, ayant perdu, se seraient noyées en se jetant dans la mer.

p. 135
En haut: Les Sirènes, êtres démoniaques au corps de femme avec des ailes et des pattes d' oiseau, étaient reliées à la mort. C' étaient en quelque sorte les Muses de l' Hadès, puisque leurs chants rappelaient aux mortels leurs rêves évanouis. (Sirène funéraire, IVe s. av. J.-C., Athènes, Musée national).
En bas: Relief de l' île de Milo représentant Scylla, monstre horrible à corps de femme et queue de dragon. De sa taille sortent des têtes de chiens (Ve s. av. J.-C., British Museum).

LE CULTE

p. 136
En haut: panneau en bois de Pitsa, en Corinthie, avec scène de sacrifice (540 av. J.-C., Athènes, Musée national).
En bas: Le temple d' Athéna Niké, sur l' Acropole d' Athènes (424 av. J.-C.).
La Tholos du sanctuaire d' Athéna Pronaia, à Delphes (400-390 av. J.-C.).

p. 137
Statue de jeune dédicant portant sur ses épaules un veau qu'il s' apprête à sacrifier («Moschophore», 530 av. J.-C., Musée de l' Acropole).

La croyance des anciens Grecs en leurs dieux était directement reliée au culte. Leurs conceptions religieuses et les traditons mythologiques se rapportant aux dieux n' auraient eu aucun fondement sans les pratiques cultuelles de chaque cité séparément, mais aussi de tous les Grecs en commun. En honorant leurs dieux tutélaires par des cérémonies religieuses, les citoyens affirmaient en même temps leur identité ethnique et s' intégraient dans la communauté locale.

Les centres cultuels de la Grèce antique étaient les sanctuaires, lieux délimités à l'intérieur des acropoles, dans les agoras des villes et à la campagne, qui comprenaient le **temple** ou les temples des dieux honorés, les **statues cultuelles** à l'intérieur des temples, les **autels** pour les sacrifices, de nombreux **ex-voto,** de petits bâtiments en forme de temple pour abriter les offrandes (**trésors**) et des **portiques** (stoa) pour protéger les fidèles contre les conditions atmosphériques. Les autels étaient les principaux édifices des sanctuaires, puisque c' est là qu' avaient lieu les **sacrifices d'animaux,** manifestations cultuelles les plus courantes. Chaque événement de quelque importance dans la vie de la cité et chaque fête étaient accompagnés d' un ou de plusieurs sacrifices qui obéissaient à un rituel précis. Les sacrifices terminés, la viande des animaux était cuite et distribuée aux fidèles, qui mangeaient autour d' une table commune.

1. JEUX PANHELLÉNIQUES

Le culte rendu aux dieux s' exprimait notamment par d' importantes manifestations religieuses appelées **fêtes.** Les fêtes de l'antiquité, organisées pour commémorer quelque grande tradition mythique, comprenaient des processions, des sacrifices, des jeux athlétiques et des concours artistiques. Chaque ville organisait de nombreuses fêtes à caractère local, mais les Grecs honoraient tous ensemble leurs plus grands dieux dans le cadre de quatre grandes fêtes. Celles-ci, appelées jeux Panhelléniques, étaient les jeux Olympiques, Pythiques, Isthmiques et Néméens.

p. 138
Monnaie en argent de Cos figurant un discobole à côté d' un trépied sacré. Le thème se rapporte aux Jeux en l' honneur d' Apollon célébrés dans le sanctuaire de Triopio, non loin de Cos (460 av. J.-C., Athènes, Musée numismatique).

Jeux Olympiques

p. 139
Vue du stade d' Olympie, où se déroulaient la plupart des épreuves des jeux Olympiques.

Les jeux Olympiques, célébrés en l' honneur du plus grand des dieux, Zeus, avaient lieu tous les quatre ans dans le sanctuaire d' Olympie. Selon la légende, ils auraient été fondés soit par Héraclès, soit par Zeus lui-même, lorsqu' il devint maître du monde après avoir détrôné Cronos, soit encore par Pélops après sa victoire sur Oenomaos (voir Oenomaos-Pélops). Ils auraient été réorganisés plus tard par Iphitos, roi d'Elis, qui institua la trêve sacrée, c'est-à-dire l'arrêt des hostilités pendant toute leur durée. La tenue officielle de registres des vainqueurs remonte à 775 av. J.-C., période où la renommée des jeux s' était étendue dans tout le Péloponnèse. Peu à peu, ils acquirent un rayonnement panhellénique et tous les citoyens grecs eurent le droit d' y participer; l' entrée était toutefois interdite aux femmes.

Les fêtes duraient, à l' origine, une journée, puis deux, trois et cinq jours. Les responsables de l' organisation étaient des magistrats

appelés Hellanodices, qui surveillaient l' entraînement des athlètes et veillaient à ce que les règlements soient observés. Le premier jour était consacré aux sacrifices et au serment prêté par les athlètes, les épreuves ayant lieu les jours suivants. Les principales épreuves olympiques était la course à pied (dromos), la course à pied de deux stades (diaulos), la course à pied de quatre stades (dolichos), le pentathlon (course, lutte, saut, lancer du disque et du javelot), le pugilat, le pancrace (combinaison de lutte et de pugilat), les courses de chars, les courses hippiques et la course armée. Le dernier jour, on remettait aux vainqueurs le **cotinos,** couronne faite d' un rameau d' olivier, ainsi que des prix en espèces. Les noms des «olympioniques» étaient inscrits sur des stèles de pierre, les poètes écrivaient des hymnes à leur gloire et leur cité les accueillaient comme des héros, les honorant jusqu' à leur mort.

pp. 140-141
Deux bases de kouros décorées de reliefs figurant des scènes de la palestre. En haut: Deux jeunes gens jouent à un jeu qui rappelle l' actuel hockey (500-490 av. J.-C.). En bas: Un jeune homme, à droite, se prépare à sauter, deux autres luttent, tandis qu' un quatrième s' appuie sur son javelot (510-500 av. J.-C.). (Athènes, Musée national).

Jeux Pythiques

La tradition raconte que les jeux Pythiques furent organisés pour la première fois après l' assassinat de Python par Apollon et comportaient des concours mu-

sicaux en l' honneur du dieu de la musique. Célébrés tout d' abord tous les huit ans, ce n' est qu' au VIe s. av. J.-C. qu' ils eurent lieu tous les quatre ans. A partir de 582 av. J.-C., on adjoignit des jeux athlétiques et leur organisation fut assurée par l' Amphictyonie de Delphes. Toutes les villes grecques participaient à ces jeux, qui jouissaient d' une grande renommée.

Les jeux Pythiques duraient six à huit jours. Le programme commençait par des processions et des sacrifices, suivis de manifestations artistiques comprenant des concours de cithare, de flûte, de dithyrambe et de drame. Les jeux athlétiques étaient copiés sur les jeux Olympiques et comportaient les même épreuves. Les vainqueurs recevaient une couronne de laurier et jouissaient d' honneurs et de privilèges.

p. 142
Le stade de Delphes, construit à l' intérieur de l' enceinte du sanctuaire d'Apollon, est le mieux conservé de tous les stades de la Grèce antique. C'est là que se déroulaient les épreuves d' athlétisme des jeux Pythiques.

Jeux Isthmiques

Ces jeux, organisés en l' honneur de Poséidon, avaient lieu tous les deux ans dans le sanctuaire d' Isthmia, à Corinthe. La tradition veut qu' ils aient été institués par le héros athénien Thésée, qui voulait

se mesurer à Héraclès, fondateur des jeux Olympiques. Cependant, d' après Pausanias, ils auraient été dédiés à l' origine à un héros local, Mélicerte-Palémon, fils du roi Athamas (voir EXPÉDITION DES ARGONAUTES, Phrixos-Hellé). Il semble que cette version ait été présentée par les Corinthiens, qui administraient le sanctuaire et préféraient que le héros honoré fût un de leurs citoyens. Le mythe mentionnant Thésée comme fondateur des jeux était une invention des Athéniens, qui essayèrent de cette manière de supplanter Corinthe, leur éternelle rivale.

Les jeux Isthmiques furent réorganisés en 582 av. J.-C. sur le modèle des jeux Olympiques. Ils prirent tout de suite un caractère panhellénique et une trêve y était observée entre les cités participantes («libations isthmiques»). Outre les jeux athlétiques, ils comprirent, à partir du Ve s. av. J.-C., des concours de musique, de déclamation et de peinture. Les lauréats recevaient une couronne de pin, à l'exception d' une brève période, où, sous l' influence des jeux Néméens, on leur attribuait une couronne de céleri.

Jeux Néméens (Néméa)

Les jeux Néméens, célébrés à Némée en l' honneur de Zeus, furent tout d' abord organisés par la ville de Cléonae, puis par Argos. A partir du IVe s. av. J.-C., ils se déroulaient même plus souvent dans la cité argienne que dans le sanctuaire de Némée. Leur fondation avait ses racines dans une légende locale se rapportant au roi de Némée Lycurgue. Un oracle avait prédit à celui-ci que son fils nouveau-né **Opheltès** deviendrait grand et fort à condition de ne pas toucher le sol avant qu' il ne sache marcher. Mais un jour, sa nourrice Hypsipylé oublia les instructions du roi et posa l' enfant par terre, sur des branches de céleri sauvage. Un énorme serpent qui passait par là le mordit et il mourut. Les fêtes funéraires organisées en l' honneur du jeune Opheltès furent ainsi à l' origine des jeux Neméens.

Les «Néméa», qui avaient lieu tous les deux ans, furent institués jeux panhelléniques en 573 av. J.-C. Inspirés des jeux Olympiques, ils s' enrichirent plus tard de concours musicaux. Les juges, qui portaient des vêtements noirs en signe de deuil, remettaient aux vainqueurs des couronnes de céleri sauvage.

2. ORACLES

La crainte qu' éprouve l' homme devant les mystères de la vie et le sentiment de son impuissance devant l' immensité de la nature le poussèrent à rechercher le contact avec le divin, avec les forces supérieures qui régissent l' univers et déterminent sa propre destinée. La connaissance de la volonté des dieux fut de tous temps le guide essentiel du comportement humain. Dans la Grèce antique, la volonté divine était interprétée grâce à l' art divinatoire, exercé par les devins, personnes dotées du don de comprendre les signes divins.

Les devins rendaient l' oracle en interprétant les éclairs, le tonnerre et le vol de certains rapaces, ou en observant la direction du feu lors des sacrifices, les entrailles des animaux sacrifiés et la manière dont ceux-ci, encore vivants, s' étaient dirigés vers l' autel. L'interprétation des rêves et la chiromancie étaient également très répandues. Parmi les devins les plus célèbres de la Grèce antique, il faut citer Térésias, Calchas, Hélénos, Amphiaraos et Cassandre.

Très souvent, toutefois, le dieu n' apparaissait pas aux fidèles en leur donnant des signes, mais parlait directement à un intermédiaire, pris momentanément d' une folie divine («mania») qui l' entraînait au-delà de la nature humaine. Dans ce cas, le prophète, qui était en général une femme, tombait en extase et transmettait aux intéressés la volonté des dieux.

C'est en s'appuyant sur ces pratiques de prédiction de l'avenir que commencèrent à fonctionner les anciens oracles grecs, qui se trouvaient à l' intérieur des sanctuaires et étaient directement reliés à quelque dieu. Apollon était pour les Grecs l'archétype du devin, le dieu qui transmettait les décisions de Zeus aux mortels (voir Apollon). L' oracle le plus réputé, celui de Delphes, faisait ses prédictions par l' intermédiaire d' Apollon, tandis que le plus ancien, celui de Dodone, fonctionnait avec l' aide de Zeus.

A Delphes, les oracles n' étaient rendus tout d' abord qu'

p. 144
Le temple d' Apollon à Delphes en son état actuel. C' est là que se trouvait le plus célèbre oracle grec, que venaient consulter une foule de fidèles

une fois par an et, plus tard, une fois par mois. Pour pouvoir consulter l' oracle, les fidèles devaient payer une taxe spéciale, se purifier, faire des offrandes et sacrifier une chèvre. Si le sacrifice était agréé, ils pouvaient alors soumettre leurs questions. Les réponses étaient données par la pythie, prêtresse d' Apollon, qui suivait avec les prêtres tout le rituel cérémoniel. Ils se purifiaient avec l' eau de la fontaine Castalie, située à proximité du sanctuaire, et descendaient dans l' «adyton» (saint des saints) du temple, qui renfermait les ustensiles sacrés et la statue du dieu, l' «omphalos» (pierre sacrée) et un trépied en bronze placé au-dessus d' une faille du sol. La pythie s' asseyait sur le trépied, inhalait les effluves de la terre, mâchait des feuilles de laurier et tombait en transe. Apollon parlait alors par sa bouche dans une langue incompréhensible, qu' interprétaient les prêtres. Les réponses étaient très souvent ambiguës et floues, mais la foi que les Grecs avaient en leur dieu restait inébranlable et les oracles influaient fortement sur la prise de décisions importantes par les cités.

A Dodone, l' oracle était rendu par les Selles, très anciens habitants de la région appartenant à la tribu des Thesprotes. Les Selles tiraient leur don divinatoire de la terre et c' est pour cela qu' ils ne se lavaient jamais les pieds et dormaient sur la terre. La volonté de Zeus s' exprimait de trois manières, toutes trois sonores. Les devins interprétaient le bruissement des feuilles d' un chêne sacré qui poussait à côté du temple et le vol des co-

pp. 146-147
C' est à Dodone, site idyllique de la Grèce du Nord, que se trouve le plus ancien oracle grec, qui dépendait du sanctuaire consacré à Zeus. Sur la photographie, le théâtre du sanctuaire de Dodone.

lombes du sanctuaire. Dès le VIIIe s. av. J.-C., le chêne de Zeus fut entouré de chaudrons de bronze à trois pieds, qui se touchaient et résonnaient quans on frappait sur l' un d' eux. Ces sons étaient censés donner la réponse du dieu. A partir du IVe s. av. J.-C., un seul des chaudrons fut gardé, les autres étant remplacés par une statuette d' enfant en bronze tenant un fouet, offerte par le Corcyréens. Le «son divinatoire» était produit lorsque le vent poussait le fouet contre le chaudron. Parmi les autres oracles grecs, les plus importants étaient ceux de Trophônios, héros local de Livadia, et le Nékromanteion d' Ephyra, en Epire, où les oracles étaient donnés par les âmes des morts.

D

LES HÉROS

pp. 148-149
Les héros panhelléniques les plus célèbres étaient Héraclès, Thésée et tous ceux qui jouèrent un rôle prépondérant dans les récits de la guerre de Troie. On remarque, sur ces images, Héraclès avec sa léonté et sa massue, Achille tuant l' Amazone Penthésilée (en bas) et (ci-contre) Thésée luttant contre le Minotaure. (Décor d' une amphore à figures noires, VIe s. av. J.-C., Musée du Louvre).

Le mot grec héros est employé aujourd' hui pour désigner le demi-dieu, l' être qui tenait aussi bien de la nature humaine que de la nature divine, puisqu' il devait sa naissance à l' union de quelque dieu ou déesse avec un mortel ou une mortelle. Cependant cette interprétation ne s' identifie pas exactement avec la signification première du mot.

Chez Homère, les héros sont des chefs, des guerriers intrépides et des personnages ayant des talents particuliers, comme le rusé Ulysse et le rhapsode Démodoque à la belle voix. Pour Hésiode, les héros n' étaient plus de communs mortels, mais appartenaient à une sphère supérieure. L' humanité de son temps paraissait bien insignifiante aux yeux du poète, par rapport aux aïeux vigoureux et vaillants. C' est ainsi qu' il appela ces héros des demi-dieux et en fit des immortels vivant dans le pays des Macares (Bienheureux), heureux, sans soucis, ni tristesse. Au cours des siècles suivants, le fossé entre les demi-dieux et les hommes commença à se combler et l' on appela héros les morts glorieux d' époques révolues auxquels on rendit des honneurs particuliers.

Les héros, dans leurs tombeaux, n' étaient pas pour les anciens Grecs des êtres sans vie, mais des forces spirituelles puissantes, qui pouvaient apparaître aux mortels pour les aider ou les détruire. Très souvent, ils se présentaient comme intermédiaires dans les prières qu' adressaient les hommes aux dieux. Chaque cité, chaque tribu, mais aussi chaque famille s' assurait unité et prospérité en honorant ses propres héros, mais tous ensemble glorifiaient leurs ancêtres communs, les héros panhelléniques!

HÉRACLÈS

p. 150
Métope du trésor des Athéniens à Delphes illustrant la capture de la biche de Cérynie par Héraclès (500 av. J.-C., Musée de Delphes).

p. 151
Statue colossale d' Héraclès, copie romaine. Il s' agit de l' «Héraclès Farnese» (la plus belle copie connue à ce jour), qui représente le dieu plein de vigueur se reposant en prenant appui sur sa massue (Athènes, Musée national).

Héraclès était le héros panhellénique le plus populaire . Il n' existe dans toute la mythologie grecque ni héros, ni dieu qui n' ait été, autant que lui, l' objet de traditions si nombreuses et si riches. Renommé pour ses exploits héroïques et pour ses pouvoirs surnaturels, il fut aimé de tous les Grecs et, à la fin de sa vie, il monta dans l' Olympe et prit la place qu' il méritait parmi les dieux.

Bien que né à Thèbes, il était originaire de l' Argolide, où il passa une grande partie de sa vie. Sa mère était Alcmène, de la race de Persée, qui avait quitté Argos pour chercher refuge à Thèbes avec son oncle et futur époux Amphitryon. Peu de temps avant leur mariage, Amphitryon prit part à une expédition guerrière, loin de Thèbes. Pendant son absence, Zeus aperçut Alcmène, tomba amoureux d' elle et la séduisit en prenant l' apparence de son futur mari. Lorsque celui-ci rentra, ils se marièrent et un peu plus tard naquirent des jumeaux: Héraclès, fils de Zeus, et Iphiclès, fils d' Amphitryon.

Quand Alcmène était enceinte, Zeus avait révélé aux autres dieux que bientôt naîtrait un garçon qui deviendrait roi. Héra, jalouse de l' enfant illégitime de son époux, retarda l' accouchement d' Alcmène, si bien que le premier enfant à venir au monde fut Eurysthée, fils de Sthénélos, archonte de Mycènes, qui devint roi. Le besoin de vengeance de la déesse continua à se manifester après la naissance d'Héraclès. Alors que celui-ci était encore au berceau, elle envoya deux énormes serpents pour l' étouffer. Le jeune fils de Zeus fit alors preuve d' une bravoure peu commune et étrangla les affreux reptiles. Selon une légende, Héraclès aurait réussi à tromper Héra et à la téter, car celui qui buvait le lait de la grande déesse était censé devenir immortel. Héra l' allaita sans connaître son identité, mais, au dernier moment, elle comprit sa faute et l' éloigna d' elle. C' est du lait qui coula alors de son sein que serait née, dit-on, la Galaxie.

En grandissant, Héraclès acquit de remarquables connaissances auprès des maîtres les plus illustres de son époque. Rhadamanthe lui enseigna la sagesse et la vertu, Linos les lettres et la cithare, Eumolpe la musique, Amphitryon l' équitation et la course de chars, Castor l' art de manier l' épée, Harpalyce, fils d' Hermès, le pugilat, et Eurytos le tir à l' arc. Aussi devint-il rapidement courageux et fort. A peine âgé de 18 ans, il accomplit son premier acte de bravoure: il tua un terrible lion qui ravageait la région du **Cithéron**. Pour le remercier, Thespios, roi de la contrée, lui demanda de coucher avec ses cinquante filles, afin d' acquérir ainsi une descendance robuste et vaillante.

p. 153
Stamnos à figures rouges illustrant le premier des exploits d' Héraclès: le petit Héraclès dans son berceau neutralise, avec l' aide d' Athéna (à gauche), les serpents envoyés par Héra, tandis que son frère Iphiclès, terrifié, court se réfugier dans les bras de ses parents. (470 av. J.-C., Musée du Louvre).

p. 154
Frise sculptée du proscénion du théâtre de Delphes illustrant les exploits d' Héraclès. On peut voir ici Héraclès se battant contre les Centaures (à gauche), contre l' Hydre de Lerne (au centre) et contre un Géant (à droite). (IIe s. av. J.-C., Musée archéologique de Delphes.

p. 155
Héraclès, revêtu de sa léonté et brandissant une hache, attaque l' Hydre de Lerne et saisit ses têtes pour l' étouffer. (Amphore à figures noires, 500 av. J.-C., Musée du Louvre).

Selon la tradition thébaine, Héraclès délivra les Thébains du tribut qu' ils payaient aux **Minyens d' Orchomène**. Ayant battu ceux-ci lors d' une expédition qu' il avait organisée lui-même, il les força à verser à Thèbes un double tribut. En récompense, il reçut come épouse Mégara, fille du roi de Thèbes. Cependant Amphitryon avait trouvé la mort au cours de ces affrontements et on raconte que, plus tard, Alcmène épousa Eaque.

Les enfants nés de l' union d' Héraclès et de Mégara eurent un sort tragique en raison de la haine d' Héra. Frappé par la déesse d' un accès de folie, Héraclès tua un à un ses enfants, sans avoir conscience de ses actes. Ayant retrouvé ses esprits et réalisé ce qu' il avait fait, il se rendit au sanctuaire de Delphes pour se laver de la souillure de ses crimes. Apollon lui conseilla alors d' aller en Argolide et de se mettre au service du roi Eurysthée. Celui-ci le chargerait d' exécuter **douze travaux**, qu' il devrait accomplir en douze ans. S' il réussissait, il expierait le meurtre de ses enfants. C' est ainsi que furent réalisés les fameux travaux d' Héraclès (Hercule pour les Romains), que le grand héros accomplit avec succès.

Les armes dont disposait Héraclès pour affronter tous les dangers étaient une massue qu' il avait fabriquée lui-même, un arc, présent d' Apollon, une épée donnée par Hermès, une panoplie en or, création d' Héphaïstos, et les chevaux

rapides de Poséidon. Mais ses meilleures armes étaient sa force corporelle, son courage et son esprit inventif.

Le premier travail qu' Eurysthée confia à Héraclès était de tuer et d' écorcher le terrible **lion de Némée**. Ce lion, élevé par Héra et Séléné, qui dévorait les hommes et les animaux de la région, vivait dans une grotte à deux entrées. Héraclès ayant essayé, sans succès, de l' exterminer avec ses flèches, son épée et sa massue, boucha l' une des entrées de la grotte, entra et lutta avec l' animal, qu' il finit par terrasser. Ensuite il l' écorcha, jeta la dépouille (léontè) sur ses épaules et se servit de la tête comme d' un casque. Durant toute sa vie il ne se sépara jamais de cette peau de lion.

Dans les marais de Lerne, au bord du golfe Argolique, vivait une bête horrible, un dragon gigantesque à neuf têtes de serpents. Cette **hydre de Lerne**, comme on l'appelait, détruisait troupeaux et semailles et empoisonnait la région de son haleine délétère semant la mort. Héraclès, chargé de la tuer, se rendit avec Iolaos, son fidèle compagnon, à la source Amymone, où se trouvait son antre. L' ayant fait sortir en lançant des flèches enflammées, il se mit à frapper ses têtes de sa massue. Mais à peine avait-il tranché une tête que deux autres poussaient à sa place. Il chargea alors Iolaos de cautériser les plaies, réussissant ainsi peu à peu à anéantir le monstre. A la fin, il l' éventra et plongea dans le fiel ses flèches, qui devinrent ainsi empoisonnées et mortelles.

Le troisième exploit d' Héraclès fut la capture de la **biche aux pieds d' airain de Cérynée,** dédiée à Artémis, qui s' était évadée du troupeau et courait librement. Héraclès la poursuivit pendant toute une année, arrivant jusqu' au pays des Hyperboréens. Lorsque la biche fut fatiguée, elle chercha refuge sur le mont Artémissio, près du fleuve Ladonas. Là, Héraclès réussit d' un coup de flèche à immobiliser ses deux pattes de devant, en veillant à ce qu' aucune goutte de sang ne fût versée, car l' animal sacré ne devait pas être blessé. L' attrapant alors par ses cornes d' or, il la prit sur ses épaules et la transporta à Mycènes, où il la consacra à Artémis.

Ensuite, il se rendit immédiatement sur les pentes du mont Erymanthe, en Arcadie, pour chasser un abominable sanglier. Ce **sanglier d' Erymanthe,** qui causait d' énormes dégâts dans les forêts touffues de la région, constituait égale-

ment un grand danger pour tous ceux qu' s'y aventuraient. En chemin, Héraclès s' arrêta chez le **centaure Pholos**. Après avoir mangé, ils débouchèrent une jarre de vin, don de Dionysos, dont l' odeur capiteuse excita les centaures des environs, qui se mirent à leur lancer des rochers et des arbres déracinés. Après une dure bataille, Héraclès parvint à les chasser et à en tuer quelques-uns. Mais Pholos trouva lui aussi la mort: en essayant de tester la puissance de l' arc d' Héraclès, il fut blessé mortellement par une flèche. Après l' avoir enterré avec tous les honneurs qui lui étaient dus, son ami se remit en route pour Erymanthe. En poussant des cris terribles, il réussit à faire sortir le terrible sanglier de la forêt et à le conduire dans une région enneigée. Comme l'animal avait de la peine à se déplacer, il l' immobilisa et le transporta à Mycènes. A sa vue, Eurysthée, saisi d' épouvante, alla se cacher dans une jarre.

L' exploit suivant d' Héraclès fut le nettoiement des **écuries d' Augias,** puisque

pp. 156-157
Kylix à figures rouges illustrant le quatrième des travaux d' Héraclès. Le héros rentre à Mycènes avec le sanglier d' Erymanthe sur ses épaules. Eurysthée, à la vue de l' animal, court se cacher dans une jarre. (530-520 av. J.-C., Musée du Louvre).

ce dernier, fils d' Hélios et roi d' Elide, possédait un grand nombre de moutons et de vaches, que son père protégeait contre toutes les maladies. Ses étables n' avaient jamais été nettoyées et le fumier qui s' était amoncelé dégageait une puanteur insoutenable et polluait la région environnante. Les champs voisins étaient même recouverts d' une couche de purin si épaisse qu' il était impossible de les cultiver. Héraclès, avec l' aide d' Iolaos, abattit un pan de l'enclos, puis dévia le cours de l'Alphée et du Pénée, afin que leurs eaux impétueuses balayassent toutes les immondices. Il avait été convenu avec Augias qu' il recevrait pour sa peine un dixième des bêtes. Mais le roi ne tint pas parole et lorsque Héraclès et Phyléas, fils aîné d'Augias, lui réclamèrent la récompense promise, il les chassa tous deux. Plus tard, Héraclès punit Augias et proclama Phyléas roi d'Elide.

Ce nouvel exploit ne satisfit cependant pas pleinement Eurysthée, qui s'empressa d'ordonner à Héraclès de chasser les **oiseaux du lac Stymphale**. Ces oiseaux monstrueux, aux serres et aux ailes d' airain, qui vivaient dans les eaux marécageuses du lac Stymphale, se nourrissant de chairs humaines

p. 158
Héraclès apportant le sanglier d' Erymanthe à Eurysthée qui, terrifié, va se cacher dans sa jarre.

p. 159
Athéna était à tout moment aux côtés d' Héraclès et lui offrit son aide aussi bien pendant la période des douze travaux que lors des autres difficultés de sa vie. Sur cette métope du temple de Zeus à Olympie, Athéna encourage son héros favori en train de nettoyer les écuries d' Augias. (460 av. J.-C., Musée archéologique d' Olympie).

et détruisant les récoltes, étaient protégés par Arès. Héraclès, réalisant qu' il ne pourrait pas s' approcher du marais pour les tuer avec des flèches, s' arrêta, perplexe, sur une colline voisine. Soudain, Athéna apparut devant lui et lui donna deux crotales de bronze fabriqués par Héphaïstos. En les frappant l' un contre l'autre, il fit un tel vacarme que les oiseaux s' envolèrent, effrayés, dans le ciel. Il en profita alors pour les exerminer de ses flèches. Quant à ceux qui avaient survécu, ils volèrent si haut qu' ils disparurent à jamais.

p. 160
Héraclès et les oiseaux du lac Stymphale. (Amphore à figures rouges, 500 av. J.-C., Musée du Louvre).

Après ce succès, Héraclès fut envoyé en Crète pour capturer un taureau et l'apporter vivant à Mycènes. Le **taureau crétois** était un magnifique animal que Poséidon avait fait jaillir de la mer pour l' offrir à Minos, mais celui-ci ayant ensuite trouvé dommage de le lui sacrifier, le dieu se fâcha. Il fit de la bête un monstre furieux, qui semait la terreur. Après s' être longtemps battu contre lui, Héraclès parvint à le maîtriser et le transporta sur ses épaules jusqu' en Argolide. Eurythée l'ayant toutefois libéré, l'animal causa de grands ravages dans le Péloponnèse. Il aboutit finalement à Marathon, en Attique, où il fut piégé, plus tard, par Thésée.

Le huitième exploit d' Héraclès fut de dompter les **quatre juments sauvages** du roi de Thrace Diomède, qui étaient anthropophages et dévoraient les chairs des étrangers qui s' aventuraient sur les côtes de ce pays. Héraclès s' approcha des écuries de Diomède, tua les palefreniers et conduisit les juments au bord de

la mer, où il fut attaqué par les Bistons, habitants de la Thrace. Après les avoir vaincus et blessé mortellement Diomède, il donna le corps du roi en pâture aux juments qui, rassasiées, se calmèrent et le suivirent sans difficulté jusqu' en Argolide.

Il partit ensuite pour le pays des Amazones, afin de s' emparer de la **ceinture de la reine Hippolyte**. **Les Amazones** étaient un peuple de femmes guerrières, qui vivaient de la chasse et de la collecte des fruits. Leurs principales occupations étaient la gymnastique et la guerre; elles se mariaient uniquement pour avoir une descendance et confiaient à leurs maris l' éducation des enfants. Lorsqu' elles avaient des filles, elles leur coupaient un sein afin qu'elles soient plus libres dans leurs activités guerrières. C' est pour cette raison qu' elles furent appelées Amazones, qui signifie "sans sein". Si elles avaient des garçons, elles les destinaient uniquement aux travaux ménagers. La capitale de leur pays était Thémiscyra, près du Pont-Euxin. C'était là qu' elles honoraient Artémis et Arès, qui était considéré comme le père des premières Amazones. Hippolyte, leur reine, se

p. 161
En haut: Métope du sanctuaire de Zeus à Olympie figurant Héraclès et le taureau de Crète. Corps et muscles tendus, le vaillant héros s' apprête à frapper l' animal sauvage (460 av. J.-C., Musée archéologique d'Olympie).
En bas: Frise du proscénion du théâtre de Delphes: Héraclès attaquant Géryon, les chevaux de Diomède et Diomède lui-même. (IIe s. av. J.-C., Musée archéologique de Delphes).

distinguait au cours de chaque expédition guerrière, parce qu' elle portait une ceinture que lui avait donnée Arès. Cette ceinture étant convoitée par la fille d'Eurysthée, Admète, Héraclès entreprit de la lui apporter. Accompagné des meilleurs guerriers d' Argos, il fit voile sur Thémiscyra, où Hippolyte l' accueillit amicalement, promettant de lui donner tout ce qu' il demanderait. Mais Héra apparut devant elle et la persuada de combattre les étrangers en racontant qu' ils étaient venus s' emparer de son pays. Au bout de plusieurs affrontements sanglants, les Amazones furent finalement vaincues; Héraclès tua Hippolyte et s' empara de sa ceinture pour la remettre à Eurysthée.

Après avoir donné la ceinture à sa fille, Eurysthée soumit Héraclès à une nouvelle épreuve: l' illustre héros devait maintenant mener à Mycènes les **boeufs de Géryon.** Géryon était un être gigantesque à trois corps, six bras et trois têtes, qui pouvait crier aussi fort que des milliers de guerriers ensemble. Il possédait de nombreux troupeaux de très

p.162
L' expédition audacieuse contre les Amazones fut l' un des thèmes favoris des artistes grecs de l' antiquité. Phidias illustra l' Amazonomachie sur le bouclier de la statue d'Athéna Parthénos, sur l' Acropole d' Athènes. Le relief présenté ici appartient à une série de plaques de marbre découvertes dans le port du Pirée et reproduisant des scènes du bouclier d' Athéna Parthénos, comme cette Amazone en armes attaquée par un guerrier grec. (IIe s. apr. J.-C., Musée archéologique du Pirée).

beaux boeufs rouges, qui paissaient dans les prés de l' île lointaine d' Eurythia, gardés par le berger Eurytion et par le chien bicéphale Orthros. Pour arriver à Eurythia, Héraclès traversa toute l'Europe et, en chemin, tua de nombreux animaux sauvages.

Pour commémorer ses exploits, il dressa à Tartessos deux stèles, l' une en Europe et l' autre en Afrique, à l' endroit appelé dès lors Colonnes d'Héraclès (Colonnes d' Hercule - détroit de Gibraltar).

Mais son voyage jusqu' au Couchant fut encore plus difficile, puisqu' il dut passer l' Océan battu par les vents. Avec l' aide d' Hélios, qui lui prêta sa nacelle d' or (voir Hélios), Héraclès navigua jusqu' à Eurythia et s' approcha des troupeaux de Géryon. Il vint rapidement à bout d' Orthros et d' Eurytion avec sa massue, puis se battit avec Géryon lui-même. D' un coup de flèche, il transperça les trois corps du géant et, après l' avoir terrassé, il chargea les boeufs dans la nacelle d' or d' Hélios, les conduisit jusqu' aux colonnes d'Hercule, puis traversa à nouveau l'Europe à pied jusqu' à Mycènes, où il remit son butin à Eurysthée.

p. 163
Amphore à figures noires, oeuvre du peintre Exékias, où sont représentés Héraclès et Géryon. Le géant à trois corps, protégé par un bouclier décoré d' un gorgoneion, attaque avec sa lance Héraclès, qui lève son épée. A terre, gît le berger Eurytion. (550 av. J.-C., Musée du Louvre).

Cependant un nouveau long voyage attendait le héros, puisque sa mission suivante fut d' apporter à Eurysthée les **pommes d' or du jardin des Hespérides**. Ces pommes étaient un cadeau de mariage de Gé à Zeus et à Héra.

Cette dernière, séduite par leur beauté, les avaient plantées dans la terre, d' où sortit bientôt un pommier chargé de fruits d' or. Cet arbre précieux se trouvait dans le pays où Atlas soutenait la terre et le ciel (voir ATLAS).Il était gardé par un dragon à cent têtes, appelé Ladon, et les quatre nymphes Hespérides: Aeglé, Erythie, Hespéria et Aréthuse. Héraclès ne trouva la route pour le jardin des Hespérides qu' après s' être emparé de Nérée (voir Nérée), l' avoir ligoté et obligé à lui indiquer la bonne voie. Il passa ainsi par l'Afrique du Nord, l' Arabie et l' intérieur de l' Asie, et traversa le Caucase, où était enchaîné Prométhée (voir Prométhée). Indigné du supplice infligé au bienfaiteur de l' humanité, il tua l' aigle qui lui dévorait les entrailles et Prométhée lui conseilla d' envoyer à sa place Atlas au jardin des Hespérides. Héraclès s'approcha donc d'Atlas et le persuada d' aller cueillir les pommes d' or en lui promettant de soutenir le ciel et la terre sur ses épaules aussi longtemps qu' il serait absent. Atlas ne tarda pas à revenir avec les pommes, mais refusa de reprendre son lourd fardeau. Héraclès fit alors semblant de consentir et lui demanda de tenir un instant la voûte céleste, le temps de placer un coussin sur sa tête. Atlas tomba dans le piège et l' astucieux héros s' empara rapidement des pommes d' or qu' il apporta à Mycènes. Eurysthée les offrit à Athéna, qui jugea cependant préférable de les remettre sur le pommier du jardin des Hespérides.

p. 164
Métope du temple de Zeus à Olympie. Héraclès soutient la voûte céleste, tandis qu' Atlas lui remet les pommes des Hespérides. Derrière eux, Athéna, toujours aux côtés d' Héraclès, aide celui-ci à supporter son fardeau. (460 av. J.-C., Musée archéologique d' Olympie).

Le dernier exploit d' Héraclès fut aussi le plus difficile, puisque, pour la première fois un mortel tenterait de descendre aux Enfers et de revenir sain et sauf. Cette fois-là, Eurysthée voulut acquérir Cerbère, chien monstreueux à trois têtes, crinière de lion et queue épineuse, qui gardait les portes de l' Hadès (voir Hadès). La première cho-

se que fit Héracles fut de passer par Eleusis et de demander à être initié aux Mystères (voir) Déméter - Perséphone), afin d' obtenir ainsi l' aide des divinités chthoniennes. Ensuite, avec l' aide d' Athéna et d' Hermès, il arriva à l' entrée de l'Hadès et contraignit Charon à le transporter avec sa barque dans le sombre royaume des morts. A sa vue, les âmes prirent la fuite et seuls les ombres de Méduse et de Méléagre restèrent immobiles. Mais un peu plus loin il rencontra Thésée et Pirithoos, vivants et enchaînés. Les deux amis avaient été emprisonnés par Hadès pour avoir tenté d' enlever Perséphone. Héraclès ne réussit à libérer que Thésée, qu'

p. 165
Héraclès, après être descendu aux Enfers, amène Cerbère à Eurysthée, qui, terrifié, va une fois de plus se cacher dans sa jarre. (Hydrie, 530-525 av. J.-C., Musée du Louvre).

il ramena dans le monde des vivants. Entre-temps, désirant faire plaisir aux morts, il avait sacrifié l' une des vaches d'Hadès et tué le berger Ménoetios, qui avait voulu lutter contre lui. Confronté à la détermination de l' étranger, Hadès l'autorisa à emmener Cerbère, à la condition qu' il en viendrait à bout sans employer ses armes. Héraclès saisit l' animal par le cou et, protégé par la «léonté», évita ses morsures venimeuses. A la fin, Cerbère dut se rendre et se laissa emmener à Mycènes sans opposer de résistance. A sa vue, Eurysthée, saisi de panique, s' enfuit vers sa jarre. Héraclès, qui avait enfin expié ses crimes, attacha le chien et le ramena aux Enfers. Les légendes se rapportant à Héraclès ne se limitent évidemment pas à ses douze travaux. Il existe bien d' autres aventures ayant pour protagoniste cet extraordinaire héros, qui n' est plus présenté comme soumis à la volonté d' un maître, mais comme un guerrier triomphant et un redresseur de torts.

La tradition veut que le héros, de retour à Thèbes, ait donné Mégara à Iolaos et soit parti à la recherche d' une nouvelle épouse. En route, il apprit qu' Eurytos, roi d' Oechalie, marierait sa fille **Iole** au meilleur ti-

reur à l' arc. Héraclès l' emporta, mais, Eurytos n' ayant pas tenu sa promesse, il se vengea plus tard, dans un accès de folie, en précipitant son fils Iphitos du haut des murailles de Tirynthe, transgressant les lois de l' hospitalité.

A peine eut-il retrouvé la raison qu' il se rendit à Delphes pour se purifier. Mais la pythie ayant refusé de prophétiser, il menaça de fonder son propre oracle et déroba le **trépied d' Apollon.** Le dieu lutta alors avec lui jusqu' à ce que Zeus intervînt et leur ordonnât de se réconcilier. Lorsqu' ils se furent serré la main, la pythie lui conseilla de servir pendant un an la **reine Omphale** de Lydie. Pendant son séjour dans ce pays, Héraclès accomplit de grands exploits et fut rapidement libéré de ses fonctions.

Son aventure suivante fut de nature guerrière. Laomédon, roi de Troie, voyant son pays ravagé par la peste et dévasté par un terrible dragon, suivit le conseil d' un oracle et attacha sa **fille Hésione** à un rocher pour qu' elle soit dévorée par le monstre. Héraclès se rendit à Troie, tua le dragon et délivra Hésione, après que Laomédon lui eut promis de lui céder ses chevaux divins, don de Zeus. Mais le roi n'ayant pas tenu sa promesse, Héraclès rentra en Argolide, arma six navires, mit cap sur Troie, qu' il assiégea,

pp. 166-167
Fragment du fronton du trésor de Siphnos à Delphes ayant pour sujet la Dispute du trépied delphique. Au centre, Apollon, en vêtements hiératiques, tient fortement l' objet sacré qu' Héraclès s' efforce d' emporter (525 av. J.-C., Musée archéologique de Delphes).

p. 168
En haut: Fronton en terre cuite d' un petit temple de l' Acropole figurant l' apothéose d' Héraclès. Zeus et Héra, assis sur des trônes, et Athéna debout (disparue) accueillent Héraclès accompagné d' Hermès. (550-540 av. J.-C., Musée de l' Acropole). En bas: Métope du temple de Zeus à Olympie. Athéna, assise sur un rocher, remet à Héraclès les crotales d' Héphaïstos qui l' aideront à exterminer les oiseaux du lac Stymphale (460 av. J.-C., Musée archéologique d' Olympie)

puis rasa. Il faut noter ici que cette "prise de Troie" était bien antérieure à celle décrite par Homère dans l'Iliade.

De retour à Mycènes, Héraclès guerroya à gauche et à droite. Il envahit l' Elide et, selon une tradition, aurait institué à Olympie des fêtes en l' honneur de Zeus, qui seraient à l' origine des jeux Olympiques. Après s' être emparé de la ville de Pylos et l' avoir incendiée, il extermina les fils de Nélée, à l' exception de Nestor. Il attaqua également Sparte et tua les fils d' Hippocoôn, qui avaient combattu aux côtés de Nélée. Ensuite, alors qu' il se trouvait un soir à Tégée et qu' il avait bu beaucoup de vin, il viola **Augé,** la fille du roi local. La jeune fille mit au monde **Télèphe**, qu' elle cacha dans une forêt où il fut nourri par une biche. Elle-même fut vendue au roi Teuthras de Mysie. Télèphe, devenu adulte, suivit le conseil de l' oracle de Delphes et se rendit en Mysie, où il rencontra Teuthras, qui promit de lui donner pour épouse Augé. Mère et fils s' apprêtaient donc à célébrer leurs noces, sans être au courant de leurs liens de parenté. Cependant de mauvais pressentiments avaient fait naître entre eux plus de haine que d' amour. Finalement, Héraclès leur apparut et leur dévoila la réalité.

La dernière aventure d' Héraclès eut lieu en Etolie. Comme il l' avait convenu avec son défunt frère Méléagre, rencontré dans l' Hadès, il demanda la main de Déjanire, fille du roi Oenée. Mais il s'affronta au dieu-fleuve Achéloos, qui convoitait, lui aussi, la jeune fille. Ce dernier, honteux d'avoir été vaincu, offrit au héros la corne d' Amalthée, qui était alors en sa possession. Après son mariage avec Déjanire, Héraclès, ayant tué par mégarde un parent d' Oenée, Eunome, fut obligé de s' exiler avec sa femme à Trachine. En chemin, il passa par le fleuve Evénos, où le **Centaure Nessos** faisait passer les voyageurs sur l' autre rive. Comme celui-ci avait donc pris Déjanire sur son dos, il

p. 169
L' amphore à figures noires dite «de Nessos», en raison du décor de son col. Héraclès attaque le centaure Nessos qui le supplie de l' épargner. (610 av. J.-C., Athènes, Musée national).

tenta de la violer et Héraclès le transperça de ses flèches empoisonnées. Juste avant de mourir, Nessos, voulant se venger, dit à la jeune femme de recueillir son sang — qui avait bien entendu été contaminé - et de l'utiliser comme filtre magique si elle voyait un jour son mari désirer une autre femme.

Déjanire eut malheureusement très vite l' occasion de tester l' efficacité de ce filtre. Après une série d' expéditions glorieuses contre les Dryopes, les Lapithes et Cycnos, Héraclès quitta Trachine pour aller trouver Eurytos et le punir de ne pas lui avoir donné Iole pour femme. Il dévasta l' Oechalie, tua Eurytos et ses fils et enleva la belle jeune fille dont il était toujours amoureux. Sur le chemin du retour il passa par le cap Cénaion, en Eubée, où il voulut faire des sacrifices pour remercier Zeus. Mais comme il n'avait pas sa tunique blanche liturgique, il chargea son compagnon Lichas d'aller la demander à Dé-

janire. Celle-ci, en apprenant l'amour qu'éprouvait Héraclès pour Iole, voulut reconquérir son époux et trempa le vêtement dans le sang de Nessos. A peine Héraclès eut-il enfilé la tunique que le poison se propagea dans tout son corps, lui causant des douleurs atroces. En essayant de l'ôter, il arracha des lambeaux de chair; comprenant alors que sa fin était proche, il monta au sommet du mont Oeta et ordonna à ses compagnons de le brûler. Aucun d'eux n'osa obéir, sauf Philoctète, qui reçut en récompense l'arc et les flèches d'Héraclès. Au moment où les flammes se faisaient menaçantes, un nuage de fumée enleva le héros et le transporta dans l'Olympe au milieu d'éclairs et de coups de tonnerre. Les dieux l'accueillirent avec empressement et, malgré les objections d'Héra, il connut l'apothéose, c'est-à-dire qu'il devint immortel. Il se maria avec Hébè pour jouir d'une jeunesse éternelle et il vécut heureux en compagnie des dieux.

pp. 170-171
Kylix à figures noires illustrant l'accueil fait à Héraclès sur l'Olympe. Zeus assis sur son trône, son sceptre à la main, écoute avec attention Athéna qui introduit son héros favori dans les palais des dieux (550 av. J.-C., British Museum).

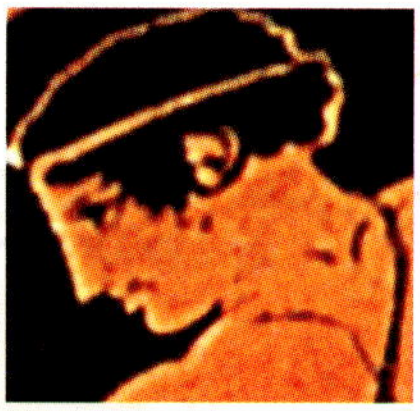

2. MYTHES DE L'ATTIQUE

p. 172
Thésée et l' amazone Antiope. Fragment du fronton du temple d' Apollon Daphnéphoros à Erétrie (500-490 av. J.-C., Musée d'Erétrie).

p. 173
Thésée, devenu adulte, découvrit les «signes» cachés par son père à Trézène et put, grâce à ceux-ci, rencontrer ce dernier à Athènes. On voit ici Thésée, guidé par Aethra, soulever le rocher où Egée avait dissimulé ses armes et ses sandales (Relief en terre cuite, Ier s. apr. J.-C., British Museum).

Égée - Thésée

Les mythes abondants de l'Attique ont pour principal sujet la vie et les activités de ses très anciens et illustres rois. Les trois premiers, Cécrops, Cranaos et Erichtonios étaient nés, raconte la légende, de la terre même de l'Attique. C'est d'eux que descendaient les autres glorieux archontes de la région, comme Pandion, Égée et Thésée.

Thésée, l'un des rois athéniens les plus célèbres, était fils d'Égée. Avant sa naissance, ce dernier, inquiet de ne pas avoir eu d'enfants, s'était rendu à l'oracle de Delphes, où la pythie lui avait donné une réponse étrange: jusqu'à ce qu'il fût rentré à Athènes, il ne devait en aucun cas ouvrir les outres de vin qu'il avait avec lui. Sur le chemin du retour, il s'arrêta à Trézène pour demander au roi Pitthée ce qu'il pensait de l'oracle. Pitthée, après avoir entendu la prophétie, ouvrit en cachette les outres, enivra Égée et le soir le fit dormir avec sa fille Aethra, afin qu'elle lui donnât un enfant. Mais, un peu plus tôt, Aethra avait eu la visite de Poséidon, si bien que le fils qui naîtrait aurait deux pères et une origine divine. Quand Égée apprit qu'Aethra était enceinte, il en éprouva une très grande joie, mais il ne pouvait prolonger son séjour, car son frère Pallas et ses cinquante fils guettaient la moindre occasion pour s'emparer de son trône. Juste avant son départ, il cacha sous un énorme rocher ses sandales et son épée et demanda à Aethra de conduire leur fils à cet endroit quand il serait grand. S'il parvenait à soulever le rocher, il devrait prendre les objets paternels et venir le retrouver à Athènes en cachette.

Entre-temps, Thésée grandissait dans le palais de Pitthée et devenait robuste et vaillant. Un jour, Héraclès, en visite chez le roi, sema la terreur parmi les

enfants avec sa "léonté". Seul Thésée voulut attaquer la peau de l'animal avec une hache, croyant que c' était un lion vivant! Adolescent, on le conduisit à Delphes pour honorer Apollon, auquel il offrit une mèche de cheveux coupés à l'horizontale sur son front - coiffure caractéristique qu'il garda toute sa vie. Lorsqu'il fut devenu adulte, Aethra lui révéla qui était son père et lui montra le rocher d'Égée; Thésée prit les l' épée et les sandales paternelles et se mit en route pour Athènes. Bien que Pitthée lui eût conseillé de voyager par la mer, il préféra la route par la terre ferme, pourtant pleine de dangers.

Au cours de son voyage, le jeune Thésée réalisa un grand nombre d'exploits en tuant de nombreux malfaiteurs qui tendaient des pièges aux passants. Le premier qu'il rencontra était **Périphétès,** fils d'Héphaïstos, qui attendait ses victimes à Epidaure et les frappaient d'une énorme massue. Thésée lutta avec lui, le tua et prit sa massue, qui s'avéra par la suite fort utile lors de ses différentes épreuves.

A l'Isthme de Corinthe, le terrible brigand **Sinès,** fils de Poséidon, arrêtait les passants et les attachait à deux pins qu'il avait tout d'abord pliés jusqu'au sol. Puis, lâchant brusquement les arbres, ils projetaient les gens en l'air ou les écartelait. Thésée extermina Sinès de la même manière, puis coucha avec sa fille Périgonne, dont il eut un fils: Mélanippe.

p. 175
Intérieur de kylix à figures rouges illustrant les travaux de Thésée. Au centre, Thésée tuant le Minotaure et, de haut en bas et de gauche à droite: Thésée se battant contre Cercyon, s' apprêtant à frapper de sa hache Procuste sur un lit, menaçant Sciron avec un bassin tandis qu' une tortue marine guette sa proie derrière un rocher, attrapant le taureau de Marathon, pliant le pin où est attaché Sinès et tuant la laie Phaia (440-430 av. J.-C., British Museum).

Un peu plus loin, à Crommyon, il tua **Phaea,** une truie terrible qui causait de grandes catastrophes. En arrivant das la région appelée Roches Scironiennes (aujourd'hui Kakia Skala), il tomba sur **Sciron,** qui obligeait les voyageurs à se pencher pour lui laver les pieds, puis les précipitait à coups de pied dans la mer, où une gigantesque tortue les dévorait. A son tour, Sciron finit dans le ventre du monstre marin, après que Thésée l'eut roué de coups et jeté du haut d'un rocher.

Le brigand suivant qui mourut de la main de Thésée était **Cercyon,** fils de Poséidon, qui avait l'habitude de combattre et de tuer quiconque passait par Eleusis. Le dernier bandit que le vaillant héros rencontra sur sa route et extermina était **Procruste,** qui avait son repaire sur la Voie Sacrée, près de l'endroit qui s'appelle aujourd'hui Daphni. Procruste avait deux lits: l'un court, sur lequel il étendait les passants de grande taille, et l'autre long, pour les passants de petite taille. Ensuite il "allongeait" les petits en les martelant jusqu'à ce qu'ils atteignent l'extrémité du lit et il "rapetissait" les grands en sciant la partie des jambes qui dépassait.

Après ces aventures, Thésée arriva à Athènes en triomphateur. En passant par la région du fleuve Ilissos, où l'on était en train d'ériger le temple d'Apollon Daphnien, il essuya les quolibets des maçons qui trouvaient son habillement et sa coiffure efféminés. Pour leur donner une preuve de sa virilité, il souleva alors quelques boeufs, qu'il lança dans le ciel, les laissant bouche bée. Entre-temps, Égée avait épousé Médée et l'avait

installée dans son palais. Il risquait cependant de perdre son trône, que convoitaient les fils de Pallas, les Pallantides. Ayant entendu parler de la bravoure de Thésée, il voulut l'accueillir sans savoir exactement qui il était. Mais Médée, qui grâce à ses dons de devineresse, connaissait l'identité du jeune homme, prise de jalousie, persuada Égée de l'empoisonner en le faisant passer pour un adversaire politique dangereux. Cet acte criminel fut heureusement évité, car à l'heure du dîner, Thésée sortit l'épée de son père pour couper soi-disant la viande; Égée le reconnut et les deux hommes tombèrent dans les bras l'un de l'autre. Quant à Médée, dépitée de voir sa perfidie découverte, elle s'enfuit sur-le-champ en Asie avec son fils, Mède.

La nouvelle de l'arrivée de Thésée se répandit rapidement dans la ville d'Athènes, dérangeant les projets des Pallantides, qui n'avaient plus aucun espoir de succéder à leur oncle. Ils tentèrent de l'attaquer, mais Thésée, qui veillait, les extermina tous. Les morts étant des parents, il fut jugé par l'Aréopage, mais acquitté. Il réalisa ensuite un grand exploit en tuant le dangereux **taureau crétois** qui ravageait la région de Marathon (voir HÉRACLÈS, le taureau crétois). Alors qu'il se rendait à Marathon, il avait été hébergé par une vieille femme, Hécalé, qui lui avait souhaité bonne chance. Sur le chemin du retour, pour honorer Hécalé, morte entre-temps, il donna son nom à la région où elle habitait (aujourd'hui, Ekali). Puis il transporta le taureau à Athènes et le sacrifia dans le temple d'Apollon Delphien.

Lorsque Thésée se trouvait encore à Trézène, un autre héros - Androgée, fils du roi de Crète Minos - avait essayé de tuer le taureau de Marathon. Mais l'animal l'avait blessé mortellement et Minos, fou de colère, avait imposé une sévère punition aux Athéniens: ils devraient lui envoyer, tous les neuf ans, sept jeunes gens et sept jeunes filles destinés à être dévorés par le Minotaure, à moins que quelqu'un ne parvînt à tuer le terrible monstre. Thésée décida alors de délivrer sa ville de ce lourd tribut de sang. Les Athéniens avaient dejà pleuré par deux fois la perte de quelques-uns de ses plus brillants enfants, et le temps du troisième "envoi" approchait. Thésée proposa donc de prendre la place d'un des jeunes; il prit congé de son père et lui promit de remplacer les voiles noires - en signe de deuil - par des voiles blanches, s'il reve-

p. 177
Le combat de Thésée et du Minotaure (Amphore à figures noires, VIe s. av. J.-C., Musée du Louvre).

nait à Athènes vainqueur. Après avoir offert à Apollon Delphien une branche de l'olivier sacré de l'Acropole et prié, il descendit au Phalère, sacrifia une chèvre à Aphrodite et embarqua.

Sur le bateau se trouvait également Minos, qui se rendait toujours à Athènes pour prendre lui-même "livraison" des futures victimes. Pendant la traversée, comme il avait voulu caresser une belle jeune fille, Périboea, Thésée le réprimanda sévèrement, lui dévoilant qu'il était fils de Poséidon. Minos, défiant, jeta sa bague dans la mer en lui disant de demander l'aide de son père et de la lui rapporter. A peine Thésée eut-il plongé que Zeus jeta sa foudre et que Poséidon le conduisit dans son palais, où Amphitrite le revêtit d'un chiton de pourpre et le couronna. Quelques instants plus tard, il sortait des eaux, totalement sec et la bague au doigt.

Lorsque le navire arriva en Crète, il se passa quelque chose d'imprévu et de décisif pour le déroulement de l'entreprise.

La déesse Aphrodite insuffla à Ariane, fille de Minos et de Pasiphaë, un grand amour pour Thésée et la jeune princesse promit de l'aider. Ainsi, avant qu'il ne pénétrât dans le Labyrinthe, l'immense palais dédaléen de Minos où habitait le Minotaure, elle lui remit une pelote de fil qu'ils fixèrent à l'entrée. En tenant l'autre extrémité du fil, Thésée pourrait errer dans le Labyrinthe sans se perdre et en ressortir facilement lorsqu'il aurait tué le Minotaure. En effet, après avoir cherché dans les couloirs sans fin et les appartement somptueux, il finit par trouver le monstre, qu'il tua après un combat acharné. Le Minotaure était le fruit des étreintes de Pasiphaé, femme de Minos, et du beau taureau envoyé par Poséidon en Crète (voir Poséidon). Il avait un corps d'homme avec une tête de taureau et se nourrissait de chairs humaines.

En s'aidant du fil, Thésée put sortir triomphant du palais et courut vers le bateau avec les jeunes Athéniens et Ariane. Pour éviter d'être poursuivi par les Minoens, il avait ordonné à ses compagnons de percer les cales des navires crétois et

de tuer les gardes. Ils purent ainsi quitter la Crète sans ennuis, fiers d'épagner à Athènes un terrible malheur.

Sur le chemin du retour, ils firent escale à Naxos, où ils abandonnèrent **Ariane,** soit parce que Thésée en avait décidé ainsi, soit parce que Dionysos, qui était tombé amoureux d'elle, voulait l'épouser. Le bateau s'arrêta également dans l'île de Délos pour que les Athéniens pussent rendre hommage à Apollon dans son grand sanctuaire. Autour de l'autel du dieu, les jeunes gens et les jeunes filles dansèrent le "géranos", ronde lente aux nombreux retours en arrière compliqués, qui symbolisait le labyrinthe du palais minoen. Puis ils rembarquèrent rapidement pour gagner l'Attique. Mais Thésée, tout à sa grande joie, oublia de hisser les voiles blanches, comme il l'avait promis à son père. Si bien qu'Égée, apercevant un jour, du haut de l'Acropole d'Athènes, les voiles

pp. 178-179
Détail du cratère «François»: après avoir vaincu le Minotaure en Crète, Thésée et ses jeunes compagnons débarquent en Attique, où ils dansent le «géranos» (570 av. J.-C., Musée archéologique de Florence).

p. 180
Le fronton occidental du temple de Zeus à Olympie illustre avec un art inégalé des scènes de la Centauromachie. Sur l' image, un Centaure violente une Lapithe, qui essaie vainement de lui échapper (460 av. J.-C., Musée archéologique d' Olympie).

noires, crut que son fils était mort et se jeta du haut du rocher sacré. Les Athéniens se lamentèrent sur le sort tragique de leur roi, tout en rendant grâce aux dieux de les avoir délivrés. Afin de commémorer son succès, Thésée institua la fête des **Pyanopsies.** Le bateau sur lequel il avait voyagé, le **Salaminia,** considéré objet sacré, fut précieusement conservé jusqu'au IVe s. av. J.-C.

Dès son retour, le héros bien-aimé des Athéniens prit les rênes du pouvoir et réalisa le **synoecisme,** c'est-à-dire le regroupement de toutes le bourgades de l'Attique en une cité-état ayant pour capitale Athènes. Ce grand événement était

commémoré chaque année par la fête des **Synoecies,** tandis que les anciennes Athénées furent rebaptisées **Panathénées** et fêtées par tous les habitants de l'Attique. Thésée, en tant que roi, resta célèbre pour ses lois justes, son altruisme et l'amour qu'il portait à sa ville.

Le reste de sa vie fut consacré à des expéditions lointaines, où il avait pour fidèle allié son ami Pirithoos. **Pirithoos** appartenait au peuple thessalien des Lapithes et son amitié avec le roi athénien avait débuté de manière étrange. Ayant entendu parler des exploits de Thésée, après que celui-ci eut tué le taureau crétois, il voulut tester sa bravoure. Il se rendit donc

p. 181
Thésée (à gauche) attaquant avec une hache un Centaure, au cours de la Centauromachie. (Fronton occidental du temple de Zeus à Olympie, 460 av. J.-C., Musée archéologique d' Olympie).

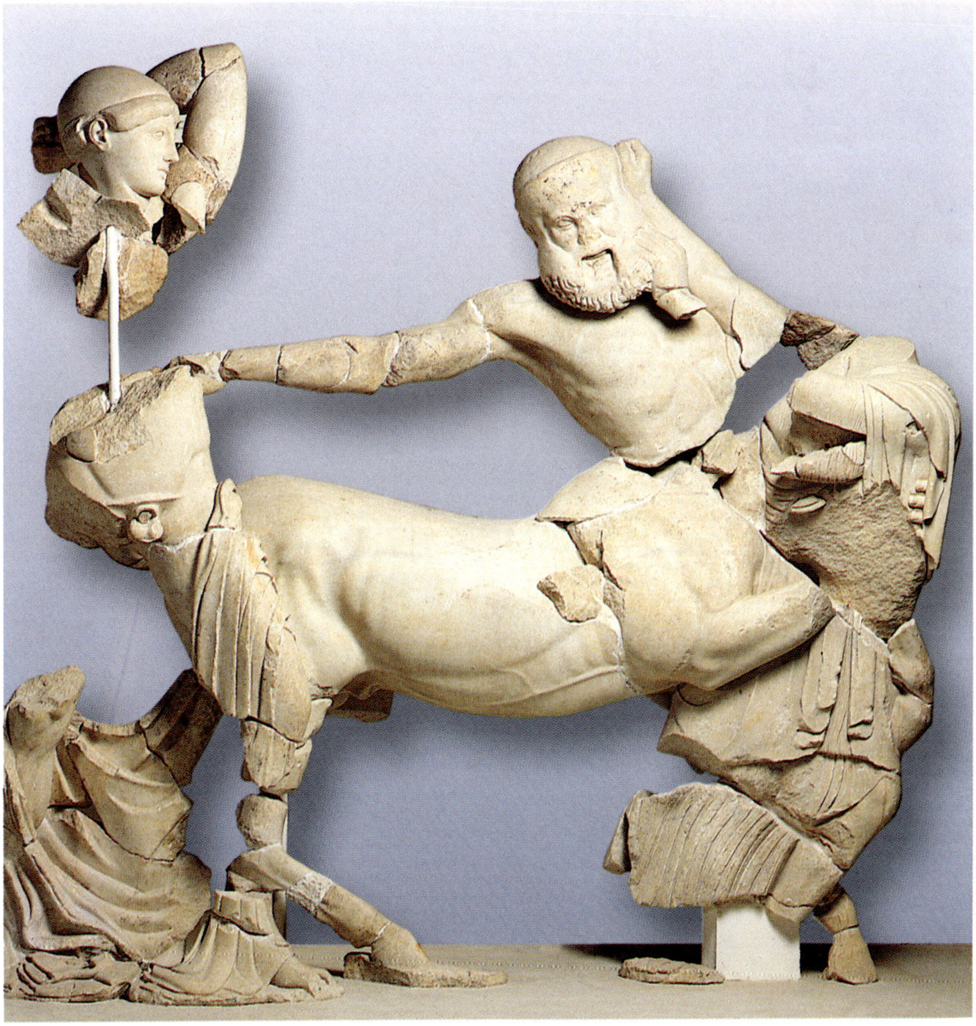

en Attique et vola les boeufs du héros qui paissaient dans les prés de Marathon. Thésée poursuivit le voleur, mais une fois face à face, les deux hommes se jaugèrent du regard, puis se serrèrent la main en se jurant une amitié éternelle. Lorsque Pirithoos se maria, Thésée assista aux noces, auxquelles étaient également invités les Centaures de Thessalie. Ces êtres monstrueux, qui avaient bu trop de vin et s'étaient enivrés, tentèrent de violer les femmes des Lapithes. Ces derniers réagirent en les attaquant et les neutralisèrent. Thésée joua un rôle essentiel dans cette **Centauromachie,** dont s'inspirèrent de nombreux artistes de l'antiquité.

Thésée prit part avec Pirithoos à l'expédition organisée par Héraclès dans le pays des Amazones (voir HÉRACLÈS, la ceinture d'Hippolyte). Lors du siège de Thémiscyra, l'**amozone Antiope** tomba amoureuse de lui et, à la fin de la guerre, le suivit en Grèce, où elle mit au monde Hippolyte. Plus tard, les Amazones attaquèrent l'Attique, mais furent vaincues; Antiope, qui s'était battue courageusement aux côtés des Athéniens, trouva la mort au cours de la bataille.

Thésée épousa ensuite **Phèdre,** fille de Minos, qui lui donna deux fils: Acamante et Démophon. Entre-temps Hippolyte avait été envoyé à Trézène, dont il devait devenir roi. Lors d'un voyage de Thésée à Trézène, Phèdre, apercevant le beau jeune homme qui s'exerçait, tomba follement amoureuse de lui et allait se cacher chaque jour dans le gymnase pour le regarder. On raconte qu'elle souffrait tellement de cette passion qu'elle enfonçait son épingle à cheveux dans un myrtier qui se trouvait à côté d'elle, et c'est depuis lors, dit-on, que les feuilles de cet arbre ont tant de petits trous. Plus tard, alors qu'Hippolyte s'était rendu à Athènes pour participer aux Panathénées, Phèdre lui avoua son amour dans une lettre. Lorsque celui-ci refusa de répondre à ses sentiments, elle se donna la mort de peur qu'il ne la trahît. Mais elle avait pris soin d'adresser à Thésée une lettre dans laquelle elle accusait

p. 182
Thésée attaquant une Amazone, vraisemblablement Antiope, à bout de forces (Métope du trésor des Athéniens à Delphes, 490 av. J.-C., Musée archéologique de Delphes).

p. 183
Statuette en terre cuite de Centaure provenant de Lefkanti, en Eubée. Les Centaures, êtres monstrueux, moitié hommes, moitié chevaux, vivaient sur des pentes boisées, notamment dans le Pélion, où ils passaient leur temps à poursuivre les nymphes. De caractère fougueux et violent, ils appréciaient particulièrement la viande crue et le vin. Le plus célèbre d'entre eux était le centaure Chiron, renommé pour sa sagesse et sa générosité (900 av. J.-C., Musée archéologique d' Erétrie).

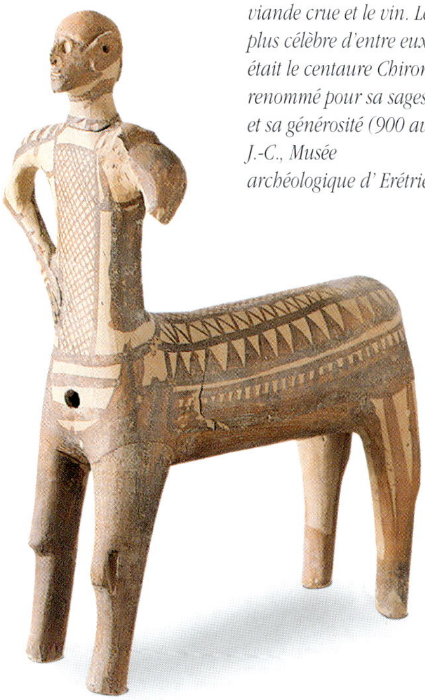

Hippolyte de lui avoir fait des propositions déshonorantes. Thésée demanda alors à son père de châtier son fils. Ainsi Poséidon fit sortir de la mer un taureau sauvage qui barra la route alors qu'Hippolyte courait sur son char. Les chevaux, surpris, se cabrèrent, faisant tomber le malheureux jeune homme, dont le corps fut traîné sur plusieurs mètres. Artémis, chagrinée du destin tragique d'Hippolyte, obligea les habitants de Trézène à l'adorer comme un dieu.

Après la mort de Phèdre, Thésée et Pirithoos décidèrent de chercher de nouvelles épouses, d'extraction divine. La première candidate fut la **Belle Hélène,** qui à l'époque, n'avait que douze ans. Les deux amis se rendirent à Sparte, trouvèrent Hélène dans le sanctuaire d'Artémis Orthia et l'enlevèrent. Le tirage au sort l'ayant attribuée à Thésée, celui-ci enferma la belle fillette dans la forteresse d'Aphidné, en Attique. Puis il décida de descendre aux Enfers avec Pirithoos qui désirait **Perséphone,** la femme d'Hadès. Celui-ci, au courant de leurs projets, les accueillit tout d'abord amicalement, mais les fit s'asseoir ensuite sur le trône de Léthé, où ils furent immobilisés par d'horribles serpents.

Pirithoos resta à jamais prisonnier dans l'Hadès, mais Thésée fut délivré par Héraclès, lorsque celui-ci descendit aux Enfers pour s'emparer de Cerbère.

Entre-temps, les frères d' Hélène, Castor et Pollux (Dioscures), étaient arrivés à Athènes et, après de longues recherches, avaient trouvé leur soeur et l'avaient ramenée à Sparte. Ils prirent également comme esclave Aethra, qui gardait Hélène à Aphidné. Avec l'aide des Dioscures, Ménesthée, adversaire politique de Thésée, avait réussi à s'emparer du trône d'Athènes. Ainsi, lorsque Thésée revint de l'Hadès, il se vit obligé de partir pour Skyros, où il avait des propriétés. Mais le roi Lycomède, qui voulait s'en débarrasser, le tua en le poussant du haut d'un rocher. Malgré sa fin tragique, Thésée tint toujours une place à part dans le coeur des Athéniens, qui le considéraient comme un grand héros et comme leur protecteur. Au cours des guerres médiques, ils s'imaginèrent même le voir se battre à leurs côtés à la bataille de Marathon (490 av. J.-C.) et leur donner du courage. Plus tard, ils trouvèrent sa tombe à Skyros et transférèrent ses restes à Athènes pour les enterrer avec tous les honneurs qui lui étaient dus.

p. 185
Fragment du fronton occidental du temple de Zeus à Olympie. Un Lapithe attaquant un Centaure. (460 av. J.-C., Musée archéologique d'Olympie).

DÉDALE-ICARE

Dédale, fils d'Erechthée, roi d'Athènes, et d'Iphinoé, devait la renommée dont il jouissait dans la Grèce antique à son génie, à sa grande inventivité et à ses dons artistiques, notamment en statuaire. Il avait lui-même inventé de nombreux outils pour travailler la pierre et il fut le premier à faire des statues si vivantes que, selon la légende, il fallait les attacher pour qu'elles ne partent pas!

Dans son atelier, il avait comme apprenti un neveu, Talos, qui avec le temps s'initia à l'art de son oncle et le dépassa même. Dédale, pris alors d'un accès de jalousie, précipita le jeune homme du haut de l'Acropole. Il fut jugé pour cet acte par l'Aréopage et condamné à l' exil. Le roi Minos de Crète, ayant entendu parler de son talent, offrit de l' héberger et parallèlement le chargea de la construction de son palais. C' est ainsi que les célèbres palais labyrinthiques de la Crète minoenne, renommés pour leur salles luxueuses et leur magnifique décor, furent les créations les plus brillantes de l' artisan athénien. C' est à lui que l' on devait également la vache en bois, à l' intérieur de laquelle se glissa Pasiphaé pour s' unir au taureau de Poséidon et mettre ensuite au monde le Minotaure (voir Poséidon).

Lorsque Minos apprit que Dédale était complice de l' infidélité de son épouse, il décida de le punir et ordonna de fouiller tous les navires en partance, afin qu' il ne pût pas partir de Crète. Dédale, qui ne cessait de penser au moyen de quitter l'île, décida d' imiter le vol des oiseaux et fabriqua deux paires d' ailes en collant des plumes avec de la cire. Il donna une paire à son fils Icare et garda l' autre pour lui. Son plan réussit: père et fils s' envolèrent et s' éloignèrent de la Crète. Mais Icare, enivré par cet exploit et trop sûr de lui, vola si haut que ses ailes de cire fondirent à la chaleur du soleil et qu' il se noya dans la mer appelée depuis lors mer Icarienne. Dédale continua à voler et atterrit en Sicile, où il passa le reste de sa vie à créer des oeuvres architecturales étonnantes.

p. 187
Fresque de Pompéi illustrant la chute d' Icare. Dédale (en haut à droite), épouvanté, voit de haut son fils, tombé dans la mer. En haut à gauche, Hélios, le responsable de la mort d' Icare, traverse le ciel sur son char (10 av. J.-C., Naples, Musée national).

3. MYTHES THÉBAINS

p. 188
Cadmos, le fondateur de la ville de Thèbes, menace d' une pierre le dragon de la source Aria. Devant lui, une femme assise représente probablement Harmonie, sa future femme, ou une personnification de la source. On aperçoit, derrière celle-ci, Arès, père du dragon, et derrière Cadmos, sa protectrice, Athéna (450 av. J.-C., New York, Metropolitan Museum).

Europe - Cadmos

Cadmos, fils d' Agénor, roi de Phénicie, et de Téléphassa, avait pour soeur Europe, la belle princesse aimée et enlevée par Zeus métamorphosé en taureau. Le couple s' était enfui en Crète, où, à l' ombre d' un platane centenaire, à Gortyne, le dieu prit une apparence humaine pour s' unir à Europe, dont il eut trois fils: Minos, Rhadamante et Eaque. Entretemps, les parents de la jeune fille, s' apercevant de son absence, avaient chargé leurs fils de la retrouver. Cadmos entreprit de chercher en Grèce avec Téléphassa. Il visita de nombreux sites et, en chemin, fit de nombreuses offrandes aux dieux et construisit plusieurs villes. Un jour, sa mère mourut

et il se rendit à l' oracle de Delphes pour demander de l' aide. La pythie lui conseilla de suivre une vache et de fonder une ville là où elle le conduirait. L' animal qu' il avait choisi, fatigué, s' arrêta à Thèbes, dans une région qui fut appelée plus tard Béotie (du mot «bous» signifiant boeuf) en souvenir de la vache de Cadmos.

Cadmos, ayant décidé de construire à cet endroit, commença les préparatifs pour le sacrifice. En allant chercher de l' eau à la source Aria, il rencontra un énorme dragon (fils d' Arès), qui essaya de l' en empêcher. D' un coup de pierre, il lui fracassa la tête et, sur le conseil d' Athéna, arracha les dents qu' il sema dans la terre, d' où jaillirent immédiatement plusieurs hommes, les Spartes. Cadmos, effrayé, les frappa d' une pierre et ceux-ci, croyant qu' elle avait été lancée par l' un deux, commencèrent à se battre jusqu' à ce qu' il ne restât que quelques survivants: Echion, Oudaeos, Péloros, Hypérénor et Chthonios. Ces cinq Spartes furent les premiers habitants de Thèbes, appelée à l' origine Cadmée, en l' honneur de son fondateur. Cependant Cadmos, ayant tué un fils de dieu, devait être puni. Zeus le condamna à servir pendant un an Arès avant de pouvoir régner sur Thèbes. Devenu roi, il épousa Harmonie, fille d' Arès et d' Aphrodite, dont il eut Sémélé, Agavé (voir Dionysos), Ino (voir Expédition des Argonautes, Phrixos-Hellé), Autonoé et Polydoros. Vers la fin de leur vie, le couple royal quitta Thèbes pour aller s' installer en Illyrie, dont Cadmos avait soumis les habitants. C' est là que naquit leur dernier fils, Illyrios. Leur fin approchant, ils demandèrent aux dieux de les métamorphoser en serpents non venimeux et Zeus exauça leurs prières.

Cadmos fut remplacé sur le trône de Thèbes par son fils Polydoros et, plus tard, par son petit-fils Labdacos, qui eut une fin tragique: s' étant montré sceptique envers le nouveau culte de Dionysos, il fut maudit par le dieu, qui le tua.

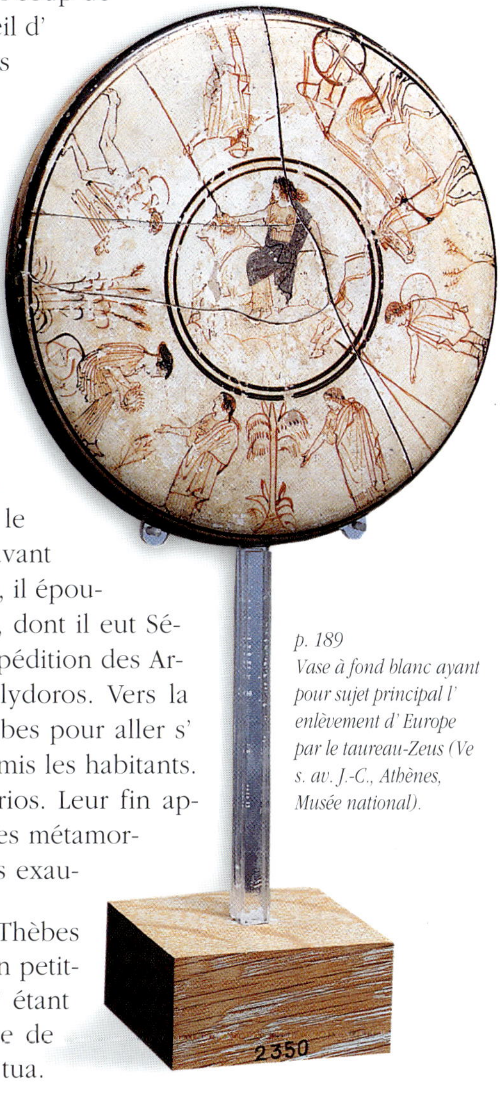

p. 189
Vase à fond blanc ayant pour sujet principal l' enlèvement d' Europe par le taureau-Zeus (Ve s. av. J.-C., Athènes, Musée national).

LAÏOS - OEDIPE

p. 191
Le fameux Sphinx de Naxos, ex-voto offert par les Naxiens au sanctuaire de Delphes (570 av. J.-C., Musée archéologique de Delphes).

Laïos était fils de Labdacos, roi de Thèbes. Lorsque son père mourut, il était encore trop jeune pour monter sur le trône, mais, lorsqu' il eut atteint l' âge adulte, ses parents Amphion et Zéthos réussirent à l' exiler pour conserver le pouvoir. Finalement, après avoir séjourné quelque temps chez le roi Pélops, en Elide, il revint dans sa terre natale et fut proclamé roi.

Il choisit pour compagne Jocaste, mais, comme ils ne pouvaient pas avoir d'enfants, il demanda le conseil de l' Oracle de Delphes. La pythie lui recommanda de ne pas avoir de progéniture, car, dans le cas contraire, l' enfant qu' il engendrerait le tuerait et causerait un grand malheur à toute sa race. Laïos abandonna ainsi tout espoir d' avoir des descendants, mais pas Jocaste, qui enivra un soir son mari, coucha avec lui et tomba enceinte. Lorsque leur fils naquit, Laïos, effrayé à la pensée de la prédiction, ligota les pieds de l' enfant avec des chaînes et ordonna à un berger de le laisser sur le mont Cithéron, dans le bois sacré d' Héra, afin qu' il meure le plus vite possible.

Mais il était écrit que la destinée de l' enfant, appelé Oedipe (oedème) en raison de ses pieds enflés, serait tout autre. Le berger chargé de l' exposer eut pitié de lui et, au dernier moment, le remit aux écuyers du roi de Corinthe, Polybos, qui passaient par hasard par là. Ceux-ci le montrèrent au roi et à son épouse Méropé, qui proposa de l' adopter, puisqu' ils n' avaient pas d' enfants. Ainsi Oedipe grandit à Corinthe, en considérant Méropé et Polybos comme ses véritables parents.

Un jour, au cours d' un festin, un jeune homme qui avait trop bu lui révéla qu' il était fils illégitime du roi. Comme personne dans le palais ne voulait lui dire la vérité, Oedipe se rendit à Delphes. Les prédictions qui lui furent données étaient terribles: il était écrit qu' il tuerait son père, coucherait avec sa mère et engendrerait une horrible descendance. Plein d' amermertume et de colère, il quitta sa demeure et erra dans les environs, décidé à empêcher par tous les moyens la réalisation de la prophétie.

En passant un jour par un carrefour en Phocide, au lieu-dit Schisté, il rencontra un char transportant Laïos. Le roi de Thèbes se rendait à Delphes pour questionner l'oracle sur le sort de son fils, car il avait fait un mauvais rêve et était inquiet. Sans connaître leur identité respective, les deux conducteurs de chars se disputèrent pour une question de priorité et Oedipe tua son père. La mort de Laïos ne fut pas le seul malheur qui frappa Thèbes à cette époque. Tout près de la ville, dans un défilé du mont Phicion, s' était installé le **Sphinx,** monstre à corps de lion ailé et tête de femme, qui terrorisait les habitants de la région. Le Sphinx posait aux passants la question: «Quel est l' être qui marche d' abord sur quatre pieds, puis sur deux et enfin sur trois?» et tuait ceux qui ne pouvaient pas y répondre. Comme il y avait longtemps que personne n' avait trouvé la réponse, le frère de Jocaste, Créon, qui gouvernait Thèbes, avait promis de donner Jocaste et le trône de la ville en récompense à celui qui résoudrait l' énigme et chasserait le Sphinx. Oedipe, renommé pour sa sagesse, voulant tester ses capacités, décida de rencontrer le monstre. A peine celui-ci, sûr de son échec, lui eut-il posé la question que le tragique héros répondit sans hésiter: «C' est l' homme; tout jeune, il marche à quatre pattes, puis il se dresse sur ses deux jambes et, au soir de sa vie, il s' appuie sur un bâton». C' était la première fois que quelqu' un trouvait la bonne réponse et le Sphinx se jeta de désespoir du haut du rocher et se tua. Oedipe fut couronné roi de Thèbes et épousa Jocaste, sans soupçonner le moins du monde qu' il s' agissait de sa propre mère. De leur union naquirent Antigone, Ismène, Polynice et Etéocle.

◄ *p. 190*
Oedipe et le Sphinx. (Lécythe à figures noires, 470 av. J.-C., Musée du Louvre).

p. 193
Oedipe, assis sur un rocher, écoute l' énigme du Sphinx, juché sur une colonne ionique. Le sphinx de Thèbes, d' origine asiatique, était fille de Chimère et d' Orthos (Intérieur de kylix à figures rouges, 470-460 av. J.-C., Musée du Vatican).

Un jour, la peste s' abattit sur Thèbes et Oedipe, effrayé, s' adressa à l' oracle d'Apollon. Le dieu conseilla aux Thébains de trouver le meurtrier de Laïos et de l'exiler, s' ils voulaient éloigner ce terrible fléau. Oedipe se chargea personnellement de l' enquête, mais personne dans la ville ne pouvait lui donner de renseignements. Il fit venir alors le devin Térésias et celui-ci, tout d' abord réticent, finit par dévoiler que c'était Oedipe qui avait tué Laïos. Cette révélation fut confirmée par les descriptions données par Jocaste sur ce qui s' était passé au carrefour de Schisté. Oedipe, consterné, se prépara à quitter la ville pour sauver ainsi ses habitants, mais il ne voulait pas retourner à Corinthe, de peur de tuer son père Polybos et de coucher avec Méropé, comme l' avait prédit la pythie.

Toutefois son destin était déjà tout tracé et rien ne pouvait le changer. Un messager, venu à Thèbes annoncer la mort de Polybos, confia à Oedipe que le roi de Corinthe n' était pas son véritable père. C' était lui-même, expliqua-t-il, qui l' avait trouvé, les pieds ligotés, dans les bras d' un berger du mont Cithéron et l' avait amené à Corinthe. Cette tragique nouvelle bouleversa le malheureux roi, qui ne pouvait s'imaginer qu' il allait bientôt entendre des révélations bien plus horribles. Inquiet, il fit rechercher le berger du Cithéron pour apprendre qui étaient ses véritables parents. Lorsque celui-ci dévoila le terrible secret, Jocaste, ne pouvant supporter une telle honte, se pendit; Oedipe arracha alors les agrafes du vêtement de sa défunte mère et épouse et enfonça les pointes dans ses yeux pour se punir de ses effroyables péchés.

p. 194
Sphinx votif en marbre, trouvé sur l' Acropole (540-530 av. J.-C., Musée de l' Acropole).

Après avoir pris congé de ses enfants, il quitta Thèbes et seule sa fille Antigone le suivit fidèlement dans ses errances. Aucun site ne voulait l' accueillir, car il était maudit des dieux. Finalement, il alla implorer les Euménides dans leur sanctuaire attique et Thésée, ayant pitié de lui pour tous les malheurs qui l' avaient accablé, persuada les

Athéniens de le recevoir dans leur ville. Entre-temps, à Thèbes, ses deux fils, qui se disputaient la succession au trône, s' étaient déclaré la guerre. Créon se mit alors à sa recherche et essaya, par la parole mais aussi par la force, de le faire revenir dans sa patrie. Oedipe refusa catégoriquement et proféra de terribles imprécations contre ses fils, qui ne l' honoraient pas comme ils auraient dû.

A bout de forces, il sentit que sa fin approchait. Il fit alors venir Thésée pour lui annoncer qu' il choisirait lui-même l' endroit où il mourrait, dans la région de Colone. Seul le roi d' Athènes connaîtrait l' endroit où il serait inhumé et personne d' autre ne devrait le connaître, afin qu' aucun miasme n' atteigne les Athéniens. Peu avant de mourir, Thésée devrait dévoiler ce secret à son fils, pour qu' il soit transmis de génération en génération à un seul citoyen. Enfin, il fit ses adieux à Antigone et à Ismène –qui était venue le rejoindre juste avant Créon–, arriva à l'endroit qu' il avait choisi et rendit le dernier soupir. A ce moment-là, la terre s'ouvrit et le héros tragique disparut.

Les enfants d' Oedipe

Quand Oedipe quitta Thèbes, la ville fut tout d' abord gouvernée par Créon. Puis les fils d'Oedipe, **Etéocle** et **Polynice**, renvendiquèrent leurs droits au trône et décidèrent de régner chacun une année, à tour de rôle. Très vite cependant, ils se disputèrent et Etéocle exila son frère, gardant le pouvoir pour lui seul. Polynice, se sentant lésé, se rendit à Argos, où il épousa Argia, fille du roi Adraste. Avec l' aide de ce dernier, il mit sur pied une armée et partit assiéger Thèbes. Cette expédition fut appelée «Les Sept contre Thèbes», parce qu' elle était commandée par sept généraux renommés. Après des combats sanglants devant les sept portes de la ville, les Thébains réussirent à repousser les assiégeants et à les chasser. Mais les deux frères s'entretuèrent au cours de la bataille, pourchassés par la malédiction de leur père.

Après leur mort, Créon fut à nouveau nommé archonte de Thèbes. Il rendit des honneurs funèbres à Etéocle, qui avait défendu jusqu'à à la mort sa patrie; mais il interdit d' inhumer Polynice, qui s' était tourné contre Thèbes et avait essayé de s'en emparer à la tête d' une armée étrangère, et il ordonna que sa dépouille fût exposée et donnée en pâture aux chiens et aux oiseaux. La seule personne à oser s' opposer à son ordre fut **Antigone,** la fille d' Oedipe. Poussée par son amour fraternel et décidée à observer les lois divines qui interdisaient de laisser un mort sans sépulture, elle passa outre, malgré les terribles menaces de Créon, en enterrant son frère et en le pleurant. Le châtiment fut horrible: les gardes du palais devaient l' enterrer vivante. L' héroïne fut emprisonnée et se pendit, suivie bientôt dans la mort par Haémon, le fils de Créon, qui se suicida en apprenant la nouvelle, car il aimait Antigone et devait l' épouser. Euridyce, l' épouse de Créon, connut la même fin, ce qui acheva d' anéantir le roi au coeur inflexible.

On raconte que la deuxième fille d' Oedipe, **Ismène,** périt au cours du siège de Thèbes. Tydée, l' un des sept généraux argiens, l' aurait surprise dans le temple d'Athéna en compagnie de Périclymène ou Théoclymène, fils de Poséidon. Celui-ci réussit à s' enfuir, mais Tydée saisit la jeune fille et la tua pour avoir profané le lieu sacré. Certains auteurs prétendent cependant qu' Ismène aurait survécu à l'expédition de Polynice et secouru sa soeur dans ses malheurs.

pp. 196-197
Amphore à figures rouges au décor figurant la tombe d' Oedipe. Etéocle et Antigone s' approchent du monument pour y déposer leurs offrandes. Derrière Etéocle, une jeune femme transportant une hydrie (début du IVe s. av. J.-C., Musée du Louvre).

4. L' EXPÉDITION DES ARGONAUTES

Phrixos et Hellé

p. 198
Phrixos accroché au bélier à la toison d' or qui le transporte loin de sa patrie, en Colchide (Ve s. av. J.-C., Athènes, Musée national).

p. 199
Relief en terre cuite représentant la construction de l' Argo. Athéna encourage les ouvriers qui sculptent la proue et posent le mât du navire (Ier s. apr. J.-C., British Museum).

Phrixos et Hellé étaient enfants de Néphélé et d' Athamas, roi de Béotie. Alors qu' ils étaient core jeunes, Athamas quitta leur mère pour épouser Ino, dont il eut Léarchos et Mélicerte. Ino, vilaine marâtre, essaya par tous les moyens de nuir aux enfants de son mari: elle persuada les femmes de rôtir les graines des arbres avant de les semer, si bien qu' il n' y eut pas de récolte cette année-là. Athamas envoya alors des ambassadeurs à l' oracle de Delphes, comme c' était la coutume dans de pareils cas. Mais Ino acheta leur complicité et ils rapportèrent au roi que la seule manière de sauver le pays était de sacrifier Phrixos sur l' autel de Zeus.

Pour le bien de ses sujets, Athamas décida donc de sacrifier son fils, qu' il conduisit au sanctuaire de Zeus. Mais, au dernier instant, Néphélé saisit Phrixos et, aidée d' Hermès, le fit s' échapper avec Hellé sur un bélier à la toison d' or. Le bel animal s' envola dans le ciel et éloigna les deux enfants de cet endroit malsain. Mais en arrivant en Thrace, Hellé se pencha pour voir la terre de haut et tomba dans la mer appelée dès lors Hellespont (Dardanelles). Phrixos continua seul le voyage et le bélier le conduisit en Colchide, où régnait Aeétès, fils d' Hélios et de Perséis. Après avoir sacrifié l' animal à Zeus, il offrit la toison d' or à Aeétès, qui l' accueillit et lui donna la main de sa fille Chalciopé. La précieuse toison fut pendue à un chêne

dans le bois sacré d' Arès, où elle était gardée par un féroce dragon.

Entre-temps, lorsque la fourberie d' Ino avait été découverte, Héra avait rendu fou Athamas et l' avait incité à tuer Léarchos d' une de ses flèches. Ino, terrorisée, prit son deuxième fils, Mélicerte, et courut, poursuivie par Héra. En arrivant au bord du golfe Saronique, elle se jeta dans la mer et se noya. L' enfant mort fut transporté par un dauphin sur la terre ferme, sous un pin, et enterré par le frère d' Adamas, Sisyphe. Par ordre de Zeus, Mélicerte prit le nom de Palémon et fut divinisé. Selon une tradition, immédiatement après sa mort, Sisyphe aurait fondé les jeux Isthmiques, qui étaient célébrés dans le sanctuaire de Zeus à Isthmia (voir jeux Isthmiques).

p. 200
Statuette en terre cuite de Centaure provenant de Lefkanti, en Eubée. Une ligne peinte sur la patte antérieure droite laisse penser qu' il s' agirait peut-être du centaure Chiron qui, selon la légende, aurait été blessé à cet endroit par les flèches d' Héraclès (900 av. J.-C., Musée archéologique d' Erétrie).

Jason-Médée

Jason était fils de Polyméla et d' Aeson, lui-même fils de Créthée, roi d' Iolcos, et de Tyro. Lorsque Créthée mourut, il ne fut pas remplacé sur le trône par Aeson, mais par Pélias, qui était né de l' union de Tyro et de Poséidon et avait par conséquent une origine divine. Les relations des deux frères utérins étaient loin d' être amicales. Aeson quitta sa patrie, mais comme il était inquiet pour son fils, il le confia au sage centaure Chiron, afin qu' il l' élevât sur les pentes boisées du mont Pélion. Pélias régna ainsi tranquillement à Iolcos, quoique préoccupé au fond de lui-même par un oracle selon lequel il perdrait un jour son royaume à cause d' un jeune homme à une sandale. Jason reçut de Chiron une excellente éducation et devint un beau jeune homme, intelligent et courageux. Ayant atteint l' âge adulte, il décida d' aller à Iolcos revendiquer ses droits à son oncle. En chemin, il perdit une sandale dans la rivière Anavros, alors qu' il essayait de faire passer sur l' autre rive une pauvre vieille, qui n' était autre qu' Héra, voulant éprouver son altruisme. Jason se présenta donc avec une seule sandale devant Pélias, qui, terrifié au souvenir de la prédiction, se montra prêt à lui céder le trône, alors qu' il était en train d' élaborer un plan perfide pour se débarrasser de lui. Il lui demanda d' aller en Colchide et de lui rapporter la toison d' or du bélier de Phrixos. Jason accepta la mission et commença les préparatifs. Avec l' aide d' Héra, il rassembla les plus vaillants guerriers de Grèce, tandis qu' Athéna s' occupait de la fabrication d' un bateau, qui fut baptisé Argo, d'où le nom d' Argonautes donné à tous ceux qui prirent part à la conquête de la Toison d' or. Jason était soutenu dans son audacieuse entreprise par quelques-unes des plus grandes figures de la mythologie grecque: Héraclès, Thésée, Pélée, les Dioscures, Amphiaraos d' Argos, Orphée et même le fils de Pélias, Acaste.

p. 201
Jason, suivi de Médée, présente la toison d' or à Pélée, installé sur son trône. Une Victoire le couronne pour son exploit, tandis qu' Hermès, protecteur des voyageurs, se tient à ses côtés. (Cratère en calice, 350-340 av. J.-C., Musée du Louvre).

L' Argo fit tout d' abord escale à Lemnos, où les Argonautes couchèrent avec les femmes de l' île, renouvelant ainsi la population locale (voir Aphrodite). Jason s' unit à la reine Hypsipyle dond il eut deux fils: Euénos et Nébrophonos. Le navire passa ensuite par Samothrace et jeta l' ancre à Cyzicos, dans le pays des Doliones, qui offrirent l' hospitalité aux visiteurs. Quand les Argonautes partirent de Cyzicos, les vents les obligèrent à revenir en arrière. Cette fois-ci, l' accueil ne fut guère chaleureux, car les Doliones, les ayant pris pour des ennemis, les attaquèrent. Ce n'est qu' après de violents combats qu' ils réussirent à dissiper le malentendu et à se réconcilier. Ils longèrent bientôt les côtes de la Mysie et arrivèrent au pays où habitait le devin Phinée. Après l' avoir débarrassé des Harpies (voir Harpies), ils obtinrent des renseignements importants pour leur voyage et continuèrent jusqu' aux Symplégades. Ces deux énormes rochers qui se dressaient jusqu' au ciel, mais n'étaient pas fixés dans la mer, se heurtaient de temps à autre avec violence, écrasant les bateaux qui passaient à ce moment-là. Suivant le conseil de Phinée, les Argonautes lâchèrent d' abord une colombe; si elle arrivait à passer saine et sauve entre les rochers, ils le pourraient eux aussi. La colombe franchit le passage et seule sa queue fut blessée. Le bateau s' empressa alors de passer et, grâce à l' aide d'Athéna, ne perdit qu' une petite partie de sa poupe. Depuis lors, les deux rochers ne firent plus qu' un et restèrent stables.

Lorsque l' Argo arriva en Colchide, Aeétès promit de leur remettre la toison d' or, à condition que Jason réalisât tout d' abord deux exploits: il devrait atteler deux taureaux aux pieds d' airain, dégageant des flammes de leurs naseaux, et semer des dents de dragon dans un champ, d' où jailliraient des guerriers sauvages. Le jeune homme fut aidé dans sa tâche par la fille d' Aeétès, **Médée,** tombée amoureuse de lui, qui le persuada de l' emmener avec lui en Grèce et de l' épouser. Finalement Jason vint à bout de ces épreuves, mais Aeétès n' ayant pas tenu parole, il fut obligé de voler la Toison d' or. Médée endormit le dragon qui la gardait et, après s' être emparés de la précieuse peau, ils se dépêchèrent de lever l' ancre. Aeétès se mit à leur poursuite, mais Médée, décidée à tout, tua son frère Apsyrtos, dont elle jeta les membres un à un dans la mer, retardant ainsi son père.

p. 202
Cratère à volutes au décor représentant l' arrestation du géant crétois Talos par les Argonautes. Aux côtés du gardien de bronze de la Crète, prêt à s' effondrer, on reconnaît Castor et Pollux (400-390 av. J.-C., Ruvo, collection Jatta).

Le voyage de retour des Argonautes est décrit dans de très nombreux ouvrages de l' antiquité et est présenté de manières fort différentes. La plupart cependant s'accordent pour dire que l' Argo traversa le Pont-Euxin, remonta le Danube, franchit l' Adriatique et, en suivant le Pô et le Rhône, parvint à l' île de Circé, sur la côte tyrrhénienne. Circé, qui était soeur d' Aeétès, reconnut immédiatement sa nièce Médée et la purifia du meurtre d' Apsyrtos. Le navire approcha ensuite de l' île des Sirènes et les marins réussirent à échapper à leur chant ensorcelant grâce à Orphée, qui se mit à jouer de la lyre et chanter les beautés de sa patrie, recouvrant ainsi leurs voix (voir Sirènes). Les Argonautes parvinrent à passer de Scylla à Charybde (voir Scylla et Charybde) et de l' île des Phéaciens à la Crète. En ce temps-là vivait en Crète un être d' airain gigantesque, **Talos**, fabriqué par Héphaïstos pour garder le royaume de Minos. Chaque jour, il faisait trois fois le tour de l' île en lançant de gros rochers sur les navires ennemis. Lorsque Médée le vit, elle lui jeta un sort et le paralysa. Puis elle ôta le clou qui fermait l' unique veine de son corps, évacuant l'*ichor*, le liquide divin qui le gardait en vie, et le tua.

Après avoir quitté la Crète, les Argonautes –symbole des marins grecs qui avaient réussi dès les temps préhistoriques à s' aventurer en Méditerranée et découvrir de nouveaux mondes– traversèrent la mer Egée et rentrèrent, triomphants, à Iolcos. Mais Pélias ne tint pas sa promesse et refusa de céder le pouvoir à Jason. Médée se présenta alors aux filles du roi comme prêtresse d' Artémis et les persuada de couper en morceaux leur père et de le faire bouillir pour qu' il retrouve une nouvelle jeunesse. Les jeunes filles la crurent et tuèrent Pélias de leur propres mains. Jason put ainsi monter sur le trône et régner sur Iolcos jusqu' à la fin de sa vie.

Selon une autre légende, après la mort de Pélias, son fils Acaste aurait régné à sa place et chassé Jason, qui alla chercher refuge à Corinthe, avec Médée. Pendant dix ans, le couple vécut heureux avec ses enfants. Un jour cependant, Jason tomba amoureux de Glaucé, fille du roi de Corinthe, et Médée, folle de jalousie, empoisonna sa rivale et tua ses propres enfants. Jason, lui aussi, eut une fin tragique: il tomba de la poupe de l' Argo et se noya.

p. 204
Médée, cachant son poignard, s' apprête à tuer ses enfants qui jouent, insouciants (Fresque de Pompéi, Ier s. av. J.-C., Naples, Musée national).

5. PÉLÉE-THÉTIS-ACHILLE

Pélée était fils d' Endéide et d' Éaque, roi d' Egine. Il avait pour frère Télamon et pour demi-frère Phocos, né des amours d' Éaque avec la Néréide Psamathé. Pélée et Télémon ayant tué un jour Phocos, qu' ils méprisaient, furent chassés du royaume. **Télamon** trouva refuge à Salamine, devint roi de l' île et père d' un fils renommé pour sa vaillance: Ajax. Pélée, après s' être purifié du crime auprès d' Eurytion, roi de Phthie, aboutit à Iolcos, où il fut accueilli dans le palais du roi Acaste. Pélée, ayant repoussé les avances d' Astydamie, épouse d' Acaste, celle-ci se plaignit auprès de son époux du comportement osé du jeune homme. Acaste la crut et le chargea d' une chasse dangereuse, espérant qu' il serait tué. Pélée réussit à capturer plusieurs animaux sauvages et à éviter tout accident jusqu' à la fin de la chasse. Mais le soir, alors qu' il s' était endormi dans la forêt, Acaste lui déroba son couteau et poussa les Centaures à l' attaquer. Le Centaure Chiron eut heureusement pitié de lui, lui rendit son couteau et l' aida à repousser les assaillants. Ensuite Pélée tua Astydamie et devint roi de Iolcos.

p.207
Pélée (à droite) conduisant le petit Achille dans le Pélion pour confier son éducation au Centaure Chiron (à gauche). (Lécythe à figures noires, 530 - 520 av. J.-C., Athènes, Musée national).

Un soir de pleine lune, il aperçut au bord de la mer la nymphe Thétis qui dansait et il tomba amoureux d' elle. La jeune fille avait été convoitée plus tôt par Zeus et par Poséidon, mais la Destinée (Moira) avait déjà décidé de la donner à un mortel et les dieux se soumirent à sa volon-

té. Ce mortel n' était autre que Pélée qui, hésitant à approcher une déesse, demanda l' aide de Chiron. Suivant le conseil de celui-ci, lorsqu' il rencontra à nouveau Thétis, il la saisit et ne la lâcha pas, bien qu' elle se métamorphosât en feu, en serpent, en lion et en eau. Elle finit par tomber dans ses bras et ils célébrèrent bientôt leurs noces avec faste, devant tous les dieux de l' Olympe, charmés par la musique et les danses des Muses (voir Atrides, GUERRE DE TROIE).

Pélée et Thétis eurent un fils: Achille. Sa mère, qui voulait le rendre immortel, mettait chaque soir le bébé sur le feu et, le jour, le frottait avec de l' ambroisie. Un jour, Pélée voyant l' enfant entouré de flammes, se mit à crier. Thétis abandonna alors ses efforts et Achille resta mortel. La Néréide, dépitée, quitta le palais pour le fond de l' Océan et Pélée confia son fils à Chiron. En grandissant auprès du Centaure, Achille s' endurcit en pratiquant la chasse et l' équitation, mais s' initia aussi aux arts de la médecine et de la

musique, et devint un jeune homme intègre, intrépide et pieux.

Lorsque les Grecs se préparèrent à partir pour Troie, Thétis, qui savait que son fils trouverait la mort au cours de cette guerre, s' efforça d' empêcher son départ. Elle lui fit revêtir des vêtements de femme et l' envoya à Skyros, chez le roi Lycomède, dont il séduisit la fille, Deidamie, qui mit au monde Néoptolème. Entre-emps, les soldats grecs, ayant appris qu' il se trouvait à Skyros, allèrent le chercher et le ramenèrent grâce à un subterfuge d' Ulysse. Celui-ci, déguisé en marchand d' étoffes s' introduisit dans le gynécée. Entre les tissus, il avait placé une épée et un bouclier qui ne pouvaient laisser Achille insensible. En effet, en les apercevant, le fameux héros ne put s' empêcher de les prendre dans ses mains. Il se hâta de se débarrasser de ses vêtements de femme et, après être allé saluer son père à Iolcos, partit pour Troie avec son ami Patrocle (voir GUERRE DE TROIE).

pp. 208-209
Détail du cratère «François». Scène des noces de Pélée et de Thétis, auxquelles assistèrent tous les dieux de l' Olympe. On distingue ici, de gauche à droite, Héra, Zeus, les muses Uranie et Calliope, Dionysos et Hestia (570 av. J.-C., Musée archéologique de Florence).

6. THRACE - ORPHÉE - EURYDICE

p. 210
Kylix à fond blanc au décor représentant la mort d' Orphée. Le grand héros thrace, musicien exceptionnel, qui charma Hadès lui-même des sons de sa lyre, était également un prêtre, un prophète et un initiateur de cérémonies à mystères (470 av. J.-C., Athènes, Musée national).

Le grand héros de la Thrace, Orphée, était fils du roi Oeagre et de la muse Calliope. Sa renommée s' étendit dans toute la Grèce grâce à ses dons peu communs de musicien et de poète. Ses talents de joueur de lyre, dont il tirait des sons qui enchantaient non seulement les hommes, mais aussi les animaux sauvages, furent loués par de nombreux écrivains de l' antiquité. C' est lui qui, lors de l' expédition des Argonautes, couvrit de son chant mélodieux les voix des sirènes, qui jusqu' alors causaient la mort de tous les voyageurs.

Cet aède prodigieux réussit même à attendrir le farouche Hadès. Le mythe raconte qu' Eurydice, son épouse bien-aimée, mourut très jeune d' une morsure de serpent. Orphée, décidé à la ramener à la vie, descendit alors aux Enfers, où les sons de sa lyre émurent tous les habitants du monde des ombres: Cerbère se coucha, amadoué, les tortures des condamnés cessèrent et les terribles Erynies se mirent à pleurer. Hadès décida de lui rendre sa femme, à la condition qu' il ne se retournât pour la regarder que lorsqu' ils seraient arrivés dans le monde des vivants. Le couple partit donc sans échanger un mot, mais juste avant d' arriver aux portes de l' Hadès, Orphée, ayant des doutes sur la sincérité du dieu perfide, voulut voir si Eurydice le suivait vrai-

ment. Et le malheureuse jeune femme disparut alors à jamais.

Orphée, annihilé, pleura la perte de sa bien-aimée et, selon une version, mourut très rapidement de désespoir. D' autres versions attribuent sa mort aux Bacchantes, qui le déchiquetèrent et dispersèrent ses membres, parce qu' il avait méprisé les mystères de Dionysos. On raconte également que le héros tragique aurait été tué par Zeus lui-même, car il avait osé dévoiler aux hommes les mystères divins.

Les mystères orphiques, qui se propagèrent dans toute la Grèce et firent de nombreux adeptes de l' orphisme, étaient directement reliés au culte de Dionysos, tout en se distinguant de celui-ci. Les orphiques adoraient Dionysos Zagréas, fils de Zeus et de Perséphone, déchiqueté par les Titans, qui mangèrent ses chairs et ses entrailles crues; seul son coeur fut sauvé et transplanté dans le nouveau Dionysos, fils de Zeus et de Sémélé. Les Titans furent punis par son père, qui les brûla de sa foudre. De leurs cendres naquirent les hommes, qui possédaient des éléments divins provenant de Dionysos Zagréas, ainsi que des pouvoirs maléfiques hérités des Titans. Ainsi, les orphiques croyaient que les mortels pourraient, par des cérémonies de purification, des jeûnes et l' abstinence de viande, renforcer le bon côté de leur nature et restreindre leurs instincts bestiaux (voir Dionysos).

p. 211
Orphée, tenant sa lyre, tente d' éviter une ménade qui le menace de son épée (Amphore à figures rouges, 450-440 av. J.-C., Musée du Louvre).

7. MYTHES DE L'ARGOLIDE

Inachos-Phoronée-Io

Le premier roi des Argiens fut, selon la légende, Inachos, fils d' Océan et de Téthys, qui donna son nom à une petite rivière d' Argos. Inachos eut beaucoup d'enfants, qui devinrent à leur tour des fondateurs de villes et des chefs illustres: Aegialée, Pélasgos, Argos, Phégée, Mycénè, Io et Phoronée. Ce dernier était renommé pour sa sagesse et ses bienfaits à l' humanité. Il avait apporté le feu sur la terre, était devenu roi du monde entier, avait rédigé des lois, fondé les premiers tribunaux, fabriqué des armes solides et introduit le culte des dieux.

La fille la plus célèbre d' Inachos était Io, belle jeune fille qui devint prêtresse d'Héra et fut aimée de Zeus en personne. Héra, les ayant surpris, se fâcha et métamorphosa Io en génisse. Elle l' attacha à un olivier dans le bois sacré de Mycènes et la fit garder par Argos «qui-voit-tout», de la race de Phoronée, qui avait des yeux sur tout le corps et une force terrible. Hermès, chargé par Zeus d' enlever Io, y parvint après avoir endormi Argos en jouant de la flûte. Mais Héra envoya immédiatement un taon, qui harcelait la pauvre jeune fille, la faisant courir comme une folle d' un lieu à un autre. Après avoir traversé la mer Ionienne, à laquelle elle donna son nom, Io erra en Illyrie, sur le mont Aïnos, dans le Bosphore (=passage du boeuf), en Crimée, en

p. 212
Danaé était l' une des mortelles pour lesquelles Zeus éprouva un violent coup de foudre. Lorsque son père l' enferma dans une chambre obscure, Zeus, métamorphosé en pluie d' or, pénétra par les interstices et s' unit à elle. Sur le cratère coniforme de l' image, Danaé recueille la pluie de Zeus dans une hydrie (IVe s. av. J.-C., Athènes, Musée national).

p. 213
Hydrie à figures rouges ayant pour sujet le meurtre d' Argos-aux-cent-yeux. Hermès s' approche du géant, qui s' enfuit en levant sa massue. Io, métamorphosée en vache, est désormais libre de courir (460 av. J.-C., Boston, Musée des Beaux-Arts).

Asie et aboutit en Egypte, où elle reprit sa forme humaine et mit au monde le fils de Zeus: Épaphos. Mais ses tribulations ne s' arrêtèrent pas là. Héra enleva Épaphos et Io se remit à errer. Elle finit par retrouver son fils en Syrie et retourna avec lui en Egypte, où elle épousa le roi Télégonos et fut adorée comme déesse sous le nom d' Isis. Épaphos gouverna ensuite l' Egypte, épousa Memphis et engendra Libye.

Danaos-Nauplie-Palamède

La fille d' Épaphos, Libye, ayant été aimée de Poséidon, mit au monde Agénor, futur roi de Phénicie, et Belos, qui régna sur l' Egypte. Les fils de ce dernier, Égyptos et Danaos, engendrèrent respectivement cinquante fils et cinquante filles. En raison de sérieux différends avec son frère, Danaos quitta l' Afrique avec ses filles, les Danaïdes, et, après être passé par Rhodes, s' installa à Argos, où il devint roi.

L' une des filles de Danaos, Amymone, s' étant unie à Poséidon, donna le jour à Nauplios, qui donna son nom à la jolie petite ville du Péloponnèse. Nauplios et Clymène engendrèrent Palamède, qui se distingua à la guerre de Troie et était renommé pour sa sagesse et son ingéniosité. Selon une légende locale, c' est lui qui aurait complété l' alphabet, inventé l' arithmétique, les mesures, les poids, la monnaie, la tactique militaire et le jeu de dames pour distraire les guerriers. Son intelligence provoqua la jalousie d' Ulysse, qui l' accusa officiellement de traîtrise. Ainsi le malheureux Palamède fut jugé et condamné à mort.

p. 215
Persée chez les Grées (en bas). Scène que suivent (en haut, de droite à gauche) Phorcys, père des Grées, Hermès, Poséidon, protecteur de Méduse, et Athéna. (Couvercle de pyxis, 425 av. J.-C., Athènes, Musée national).

Danaé-Persée

Acrisios, autre roi d' Argos de la lignée de Danaos, avait une fille très belle: Danaé. L' oracle lui ayant prédit qu' il serait tué par le fils de celle-ci, il enferma la jeune fille dans un souterrain, afin qu' aucun homme ne pût l' approcher. Mais Zeus, qui était entre-temps tombé amoureux d' elle, se métamorphosa en pluie d' or, pénétra dans sa cellule par le soupirail et s' unit à elle. Lorsque Persée, le fils de Zeus, vint au monde, Acrisios, redoutant que la prédiction ne se réalisât, mit sa fille et son petit-fils dans un coffre qu' il jeta à la mer. Le vent les conduisit à Sérifos, où ils furent sauvés et hébergés par le pêcheur Dictys.

Le roi de l' île, Polydectès, qui convoitait Danaé, organisa

un jour un banquet auquel assista Persée, qui avait entre-temps grandi. Au cours de la fête, Persée se vanta qu' il était capable, pour plaire au roi, de rapporter la tête de Méduse. Polydectès saisit l' occasion pour lui dire que si sa promesse n' était pas exécutée, il épouserait Danaé par la force.

Méduse ou **Gorgone** était un monstre terrible, qui avait deux soeurs immortelles: Sthéno et Euryalé. Elle-même était mortelle, mais elle pouvait pétrifier tous ceux qui regardaient son affreuse tête aux yeux exorbités, au nez camus, aux dents de sanglier et à la chevelure de serpents. Persée, aidé d' Athéna et d' Hermès, se mit d' abord à la recherche des Grées pour qu' elles lui indiquent comment se rendre chez les Nymphes, qui possédaient les instruments appropriés pour décapiter Gorgone. Les **Grées** étaient trois soeurs, vieilles depuis leur naissance, qui avaient toutes ensemble un seul oeil et une seule dent. Persée s' empara de cet oeil et de cette dent pour les obliger à le conduire auprès des Nymphes. Celles-ci lui donnèrent un bonnet qui le rendrait invisible, une paire de sandales ailées pour ne pas marcher sur la terre et un sac ma-

gique pour y mettre la tête. Etant arrivé au-delà de l' Océan, il trouva les Gorgones endormies. Après avoir immédiatement mis le bonnet et les sandales ailées, il vit dans son bouclier étincelant le reflet du visage de Méduse –conseil donné par Athéna pour ne pas être pétrifié– et trancha sa tête avec une scie de diamant offerte par Hermès. Puis il mit la tête dans le sac sans la regarder, mais du cou de la Gorgone naquirent Chrysaor et Pégase, fils de Poséidon. Après avoir échappé à la poursuite de Sthéno et d' Euryalé, Persée prit le chemin du retour. Alors qu' il se trouvait en Afrique, quelques gouttes du sang de la tête monstrueuse tombèrent sur le sol et le site se remplit d' animaux sauvages.

En passant par l' Ethiopie, Persée vit sur un rivage une belle jeune fille, **Andromède,** attachée à un rocher. A la fois intrigué et séduit par sa beauté, il lui demanda ce qui se passait et apprit qu' un monstre surgirait bientôt de la mer pour la dévorer. Cassiopé, la mère d' Andromaque, s' étant un jour vantée que sa fille serait plus belle que les Néréides, celles-ci avaient persuadé Poséidon d' inonder le pays et d' y en-

pp. 216-217
La Gorgone Méduse du fronton du temple d' Artémis-Gorgone à Corfou. Sandales ailées aux pieds, la terrible Gorgone court, entourée de deux fauves. Des serpents sortent de sa tête et de sa taille et son aspect démoniaque provoque la terreur. Le jeune homme nu, à sa droite, est son fils Chrysaor, conçu avec Poséidon, de même que son autre fils, Pégase, dont on aperçoit une aile, à gauche. Tous deux naquirent au moment où leur mère était décapitée (585 av. J.-C., Musée archéologique de Corfou).

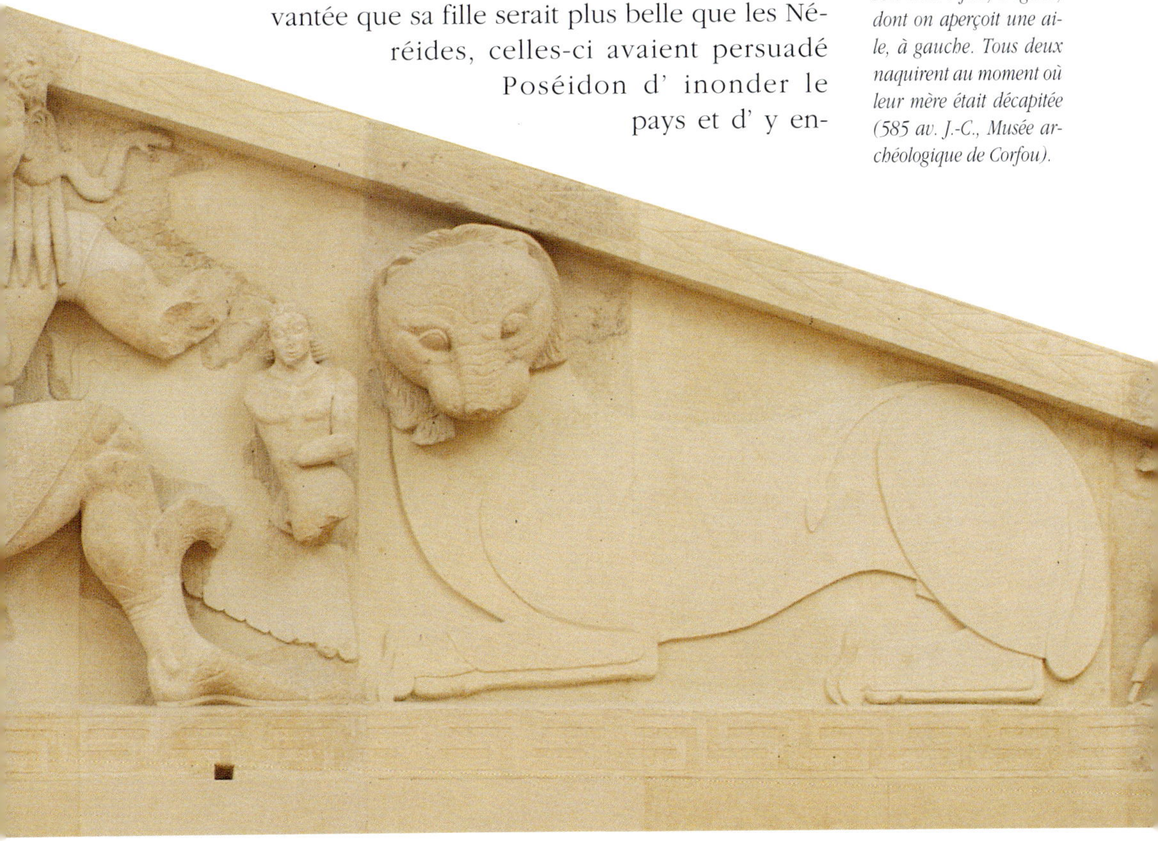

voyer une bête anthropophage. Le roi Céphée, époux de Cassiopé, avait alors consulté un oracle, qui lui avait conseillé de donner sa fille en pâture à l' animal. Persée s' offrit à exterminer le monstre à condition d' épouser ensuite Andromède. Mais, une fois l' exploit accompli, Céphée ne tint pas sa promesse, si bien que le jeune homme sortit la tête de Méduse de son sac, pétrifiant tous ceux qui la regardèrent, et regagna son île avec Andromède.

A Sérifos, Polydectès, lui non plus, ne tint pas sa parole et fut puni de la même manière: il fut transformé en statue à la vue de la tête maudite. Dictys prit le pouvoir et Persée se rendit à Argos pour rencontrer son grand-père. Mais Acrisios, apprenant son retour et craignant que la prophétie ne se réalisât, s' enfuit à Larisa, où le roi Tentamide organisa des jeux athlétiques auxquels prit part Persée. Comme la destinée en avait décidé, alors qu' il concourait au lancer de disque, le palet dévia et frappa mortellement Acrisios. Quand Persée apprit qu' il avait tué son grand-père, il le pleura amèrement et l' enterra avec tous les honneurs dus à son rang.

p. 218
Acrotère en marbre représentant une tête de Gorgone (590 av. J.-C., Musée de l' Acropole).

p. 219
Statue de Pélops du fronton oriental du temple de Zeus à Olympie, mettant en scène la course de chars entre Oenomaos et Pélops (460 av. J.-C., Musée archéologique d' Olympie).

Oenomaos - Pélops

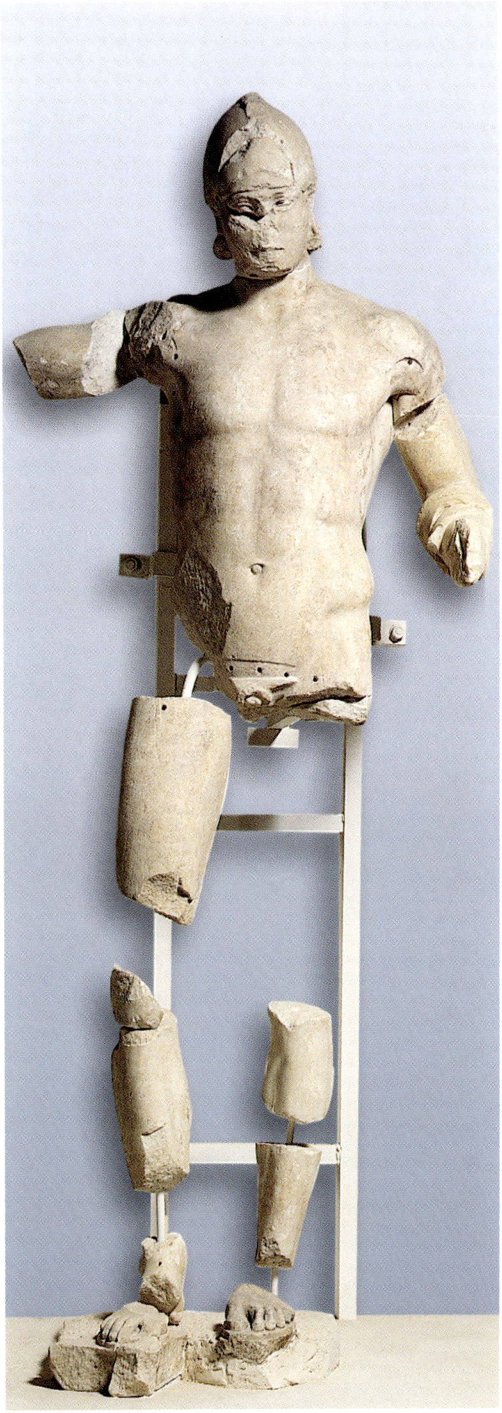

Acrisios avait une autre fille, Euarété, qui épousa Oenomaos, fils d' Arès et roi de Pise et d' Elis. L' oracle ayant un jour prédit à Oenomaos qu' il mourrait si sa fille Hippodamie se mariait, il décida d' empêcher ses noces. Il fit alors annoncer qu' il donnerait la main de sa fille à celui qui arriverait à le battre dans une course de chars, ce qu' il jugeait impossible, car son char serait tiré par les chevaux d' Arès et conduit par Myrtilos, le meilleur aurige. En effet, tous les jeunes gens qui s' étaient présentés périrent de la main d' Oenomaos, qui exposait leurs têtes à l' entrée du palais.

Un jour, Pélops, fils du roi Tantale de Lydie, rencontra Hippodamie et les deux jeunes gens tombèrent amoureux l' un de l' autre. Avant la course, ils approchèrent Myrtilos, qui était également amoureux de la jeune fille, et le persuadèrent de les aider en lui offrant en contrepartie la moitié du royaume et une nuit avec Hippodamie. Myrtilos remplaça les clavettes des essieux du char par des pièces de cire, si bien qu' Oenomaos se tua pendant la course. Après sa victoire, Pélops s' enfuit avec Hippodamie et Myrtilos. En chemin, ce dernier, qui avait tenté de violer la jeune fille, fut jeté par

Pélops dans la mer qui depuis lors est appelée mer de Myrtôo. Avant de mourir, il jeta sur Pélops et toute sa descendance une malédiction qui devait se réaliser.

Pélops réussit cependant à régner par la suite sur tout le Péloponnèse, auquel il donna son nom. Il eut avec Hippodamie de nombreux enfants: Atrée, Thyeste, Alcathoos, Plisthène, Hippalcmos, Nicippé et Lysidicé. Il eut également avec la nymphe Axioche, un fils illégitime, Chrysippe, qui fut tué par Atrée et Thyeste, jaloux de l' amour de leur père pour ce bâtard. Pélops les maudit et les exila en Triphyllie, où Thyeste essaya d' usurper le pouvoir à son frère. Cependant, grâce à l'intervention de Zeus, Atrée, qui était le fils aîné de Pélops, devint roi. Mais, ayant appris entre-temps les machinations de son frère et le soupçonnant d' avoir des relations amoureuses avec sa femme Aéropé, il décida de se venger. Il invita Thyeste à dîner et lui servit les corps de ses propres enfants. En apprenant, à la fin du repas, quelles chairs il avait mangées, Thyeste, accablé, maudit Atrée, ses enfants et toute sa lignée. Cet acte odieux révolta les mortels aussi bien que les dieux. Thyeste jura de se venger et alla consulter l' Oracle de Delphes, qui lui révéla que sa vengeance ne se réaliserait que s' il couchait avec sa fille. La prophétie s' accomplit lorsque Thyeste eut des rapports avec sa fille Pélopia, qui enfanta Égisthe. Ce dernier tua plus tard Atrée et remit le trône de Mycènes à son père.

p. 220 - 1
Pélops était le héros légendaire le plus célèbre du Péloponnèse, qui lui doit son nom (= île de Pélops). Il existait dans le sanctuaire de Zeus à Olympie un enclos sacré, le Pélopion, où des sacrifices avaient lieu en son honneur. Selon une tradition, c' est même pour honorer sa mémoire que les jeux Olympiques auraient été instaurés. On raconte également que le vaillant jeune homme aurait été aimé de Poséidon, qui lui fit don de ses chevaux (photo), afin qu' il l' emportât sur Oenomaos à la course de chars. (Hydrie à figures rouges, New York, Metropolitan Museum).

p. 222
Masque funéraire en or découvert dans le second cercle royal de Mycènes (tombe V) et appelé par les archéologues «masque d' Agamemnon» en raison de son expression à la fois austère et noble. Cependant sa datation –vers 1600 av. J.-C.– ne permet pas de l' attribuer à Agamemnon, qui vécut quatre siècle plus tard. (Athènes, Musée national).

p. 223
Péliké à figures rouges ayant pour sujet le Jugement de Pâris. Ce dernier, assis sur un rocher à côté d' Hermès, hésite avant de décider qui, entre Aphrodite, Héra et Athéna, est la plus belle déesse. (IVe s. av. J.-C., Athènes, Musée national).

Atrides

Lorsque Thyeste devint roi de Mycènes, les deux fils d' Atrée, Agamemnon et Ménélas, furent exilés à Sicyone. Rentrés plus tard dans leur patrie, ils chassèrent Thyeste à Cythère et décidèrent que le trône revenait à Agamemnon. Celui-ci épousa Clytemnestre, fille de Léda et du roi de Sparte Tyndare, qui ne voulait pas de ce mariage, car Agamemnon avait tué son premier mari, Tantale. Obligée toutefois de rester auprès de lui, elle mit au monde quatre enfants: Iphigénie, Electre, Chrysothémis et Oreste.

Ménélas quitta Mycènes pour aller s' installer à Sparte, où il épousa une autre fille de Tyndare: Hélène. En réalité, Hélène était un enfant illégitime du roi de Sparte: la même nuit, Léda avait eu des relations avec Tyndare et avec Zeus, qui l' avait approchée métamorphosé en cygne. Neuf mois plus tard, elle avait mis au monde Clytemnestre, Hélène et deux fils jumeaux: Castor et Pollux, appelés aussi les Dioscures. Clytemnestre et Castor étaient les enfants de Tyndare, tandis qu' Hélène et Pollux avaient pour père Zeus. Hélène se distinguait par sa beauté et sa renommée s'était étendue hors de Grèce alors qu'elle était encore très jeune (voir Thésée). Quand elle fut en âge de se marier, de nombreux prétendants se présentèrent au palais. Tyndare la laissa choisir elle-même son mari, mais craignant que les autres ne réagissent violemment par jalousie, il leur fit jurer de respecter son

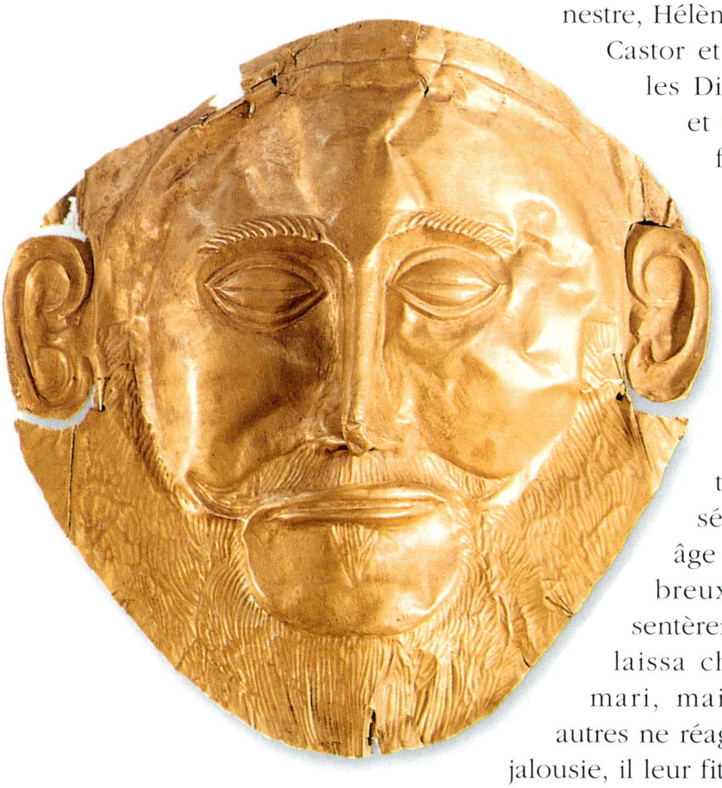

p. 224
Relief laconien représentant les Dioscures. Castor et Pollux prirent part à l'expédition des Argonautes, à la chasse du sanglier de Calydon et se distinguèrent à plusieurs reprises par leur bravoure. Après leur mort ils furent déifiés et Zeus les fit monter dans le ciel, où ils formèrent la constellation des Jumeaux. (VIe s. av. J.-C., Musée de Sparte).

choix et de prêter assistance au couple en cas de nécessité. Hélène épousa finalement Ménélas, dont elle eut une fille: Hermione.

Dix ans après le mariage de Ménélas, Pâris ou Alexandre, fils de Priam, roi de Troie, visita Sparte dans le but d'enlever la Belle Hélène. Le rapt ne pouvait être imputé à lui seul, car il avait été fomenté par les dieux eux-mêmes lors des noces de Pélée et de Thétis (voir ACHILLE). La déesse Eris, qui aimait les disputes et les bagarres, avait jeté, parmi les dieux invités, une pomme d'or du jardin des Hespérides portant l'inscription "à la plus belle".

Héra, Athéna et Aphrodite revendiquèrent immédiatement le présent, mais Zeus refusa de choisir la plus belle d'entre elles et les envoya avec Hermès sur le mont Ida, où Pâris faisait paître ses bêtes. Expérimenté comme il l'était dans les affaires de coeur, c'était lui qui devait élire la plus belle des déesses. En contrepartie, Héra lui offrait la richesse et la domination de l'Asie, Athéna l'intelligence, la beauté et la victoire dans toutes les épreuves, et Aphrodite le coeur de la belle Hélène de Sparte. Pâris jeta finalement son dévolu sur la déesse de l'amour, provoquant la colère d'Athéna et d'Héra.

Après avoir reçu la pomme d'or, Aphrodite le conduisit à Sparte, où il fut accueilli au palais du roi. Pendant l'absence de Ménélas, qui devait se rendre en Crète, Pâris enleva Hélène, qui ne tarda pas à tomber amoureuse du beau prince et le suivit à Troie. Selon une autre légende, avant d'arriver à Troie, les deux jeunes gens passèrent par l'Egypte, où Hélène resta auprès de Protée, tandis que Pâris rentrait dans son pays seul - ou avec une idole de sa bien-aimée. Lorsque Ménélas rentra à Sparte et apprit le rapt de sa femme, il décida d'aller avec Agamemnon à Troie pour la ramener en Grèce. C'est ainsi que commença l'expédition troyenne, à laquelle prirent part la plupart des cités grecques, ainsi que les anciens prétendants d'Hélène, qui avaient promis leur aide à Ménélas (voir GUERRE DE TROIE).

p. 225
Relief laconien représentant vraisemblablement Ménélas et Hélène (VIe s. av. J.-C., Musée archéologique de Sparte).

p. 226
Sceau en argent doré gravé d' une scène figurant le meurtre de Clytemnestre. Oreste immobilise sa mère et s' apprête à la poignarder (début du IVe s. av. J.-C., Musée archéologique de Ioannina).

p. 227
Lame de bronze gravée de scènes mythologiques. En haut: Oreste en train de poignarder Clytemnestre, tandis qu' Egisthe demande grâces. Derrière eux, Electre observe la scène. En bas: L' enlèvement d' Antiope (580 av. J.-C., Musée archéologique d' Olympie).

La guerre de Troie dura dix ans et se termina par la prise de la ville par les forces grecques. Ménélas emmena Hélène ou, selon une autre version, alla la chercher en Egypte, où il la rencontra à côté de la tombe de Protée. Ils rentrèrent ensuite à Sparte, marièrent leur fille à Néoptolème, fils d'Achille, et vécurent longtemps heureux. Quand ils moururent, ils furent inhumés à Thérapné et furent adorés comme des dieux, car Zeus les fit monter dans le ciel et les rendit immortels, de même que les Dioscures. Agamemnon, par contre, ne connut pas le mêmes honneurs que son frère, car son destin fut tragique. Il dut sacrifier sa fille Iphigénie à Aulis pour que la déesse Artémis veuille bien envoyer des vents favorables et laisser partir la flotte (voir GUERRE DE TROIE). Au cours de son absence à Troie, Clytemnestre eut une liaison avec Égisthe, qui habitait dans leur palais. Son fils Oreste fut exilé très loin de sa patrie, tandis que ses deux filles, Electre et Chrysothémis, restèrent à Mycènes, pleurant sur les malheurs de leur famille. Selon une version, Clytemnestre aurait obligé Electre à épouser un berger et à s'installer en dehors de la ville, pour ne pas indisposer le couple illégal.

A son retour à Mycènes, Agamemnon fut assassiné dans son bain par sa femme et son amant.

Égisthe monta alors sur le trône et garda le pouvoir pendant sept ans. Mais un jour Oreste revint chez lui, décidé à venger la mort de son père. Avec l'aide d'Electre et de son ami Pylade, il tua Égisthe et aussi Clytemnestre. Le matricide étant toutefois l'un des péchés

les plus graves, il fut poursuivi sans pitié par les Érinyes et, après le longues errances, arriva dans le pays des Taureaux (Tauride). C'est là que vivait sa soeur Iphigénie, qui juste avant d'être sacrifiée à Aulis, avait été sauvée par Artémis. La déesse, ayant eu pitié d'elle, avait sacrifié à sa place une biche et, sans que personne ne s'en aperçût, avait éloigné la jeune fille de l'autel et l'avait amenée en Tauride pour être prêtresse dans son sanctuaire. Les habitants de la Tauride avaient la coutume barbare de sacrifier à Artémis tous les étrangers qui passaient par leur pays. Iphigénie, qui était obligée d'exécuter cette dure tâche, se prépara à sacrifier Oreste, sans connaître son identité. Au dernier moment, le frère et la soeur se reconnurent et parvinrent, au danger de leur vie, à quitter la Tauride avec le xoanon d'Artémis.

Arrivés sains et saufs à Brauron, en Attique, ils fondèrent un grand sanctuaire en l'honneur d'Artémis Tauropole. Oreste consulta l'Oracle de Delphes et partit à Athènes pour être jugé par l'Aréopage. Il fut finalement acquitté de son crime, grâce à Athéna, dont le vote fit pencher la balance en sa faveur.

p. 228
Oreste arrête l' amant de sa mère, Egisthe, et s' apprête à le tuer (Amphore à figures rouges, Ve s. av. J.-C., British Museum).

8. GUERRE DE TROIE

La ville de Troie était située sur les côtes de l'Asie Mineure, en face de l'île de Ténédos. La région environnante, la Troade, et ses habitants, les Troyens, devaient leur nom au légendaire Troas, fils d'Erechthonios, roi d'Athènes. Troas épousa Callirhoé, qui lui donna une fille, Cléopatra, et trois fils, Assaracos, Ganymède et Ilos. Ce dernier fonda l'acropole de Troie, appelée Ilion, tandis que les murailles de la ville, sur le mont Ida, furent construites par Poséidon et Apollon sous le règne du roi Laomédon. Celui-ci eut pour fils Priam, époux d'Hécube et père de très nombreux enfants. La tradition raconte qu'il avait plusieurs filles et cinquante fils, dont les plus célèbres étaient Hector, Pâris et Hélénos.

La guerre de Troie eut lieu à l'époque où la ville était gouvernée par Priam et, comme les fouilles archéologigues l'ont prouvé, il ne s'agit pas d'une simple tradition mythologigue, mais d'un événement historique qui survint au XIIe s. av. J.-C. Selon une admirable description d'Homère, dans l'Iliade,

p. 230
Achille était l' un des guerriers les plus valeureux qui prirent part à la guerre de Troie. Quand, fâché, il décida de ne plus combattre, le camp grec essuya d' importantes défaites. Cependant il était dit qu' il serait tué par les Troyens: Pâris réussit à le frapper au seul point vulnérable de son corps: le fameux talon d' Achille. (Amphore à figures rouges, 445-440 av. J.-C., Musée du Vatican).

p. 231
En bas: Cratère apulien au décor figurant le sacrifice d' Iphigénie à Aulis. L' héroïne tragique s' approche, affligée, de l' autel, au moment où une biche, envoyée par Artémis, s' apprête à être sacrifiée à sa place. (370 av. J.-C., British Museum).
En haut: Détail du «vase aux guerriers» représentant des Mycéniens en armes prêts à partir en guerre. Ce cratère mycénien est daté de la fin du XIIIe s. av. J.-C., c' est-à-dire à peu près de l' époque où dut avoir lieu la guerre de Troie. (Athènes, Musée national).

les Grecs, ou Achéens, entreprirent l'expédition contre Troie pour ramener la Belle Hélène, épouse du roi de Sparte Ménélas, enlevée par Pâris (voir Atrides). En réalité, il semble que derrière la figure d'Hélène se cachait la richesse de la Troade, région fertile connue des Grecs, puisque ses habitants appartenaient à la même race, parlaient la même langue, adoraient les mêmes dieux et avaient les mêmes coutumes.

Pour ainsi dire tous les princes grecs participèrent à la guerre de Troie avec une flotte de quelque 1.200 navires transportant 100.000-135.000 guerriers. Les Grecs suivirent de bon gré le chef de l'expédition, le roi Agamemnon, à l'exception d'Achille (voir PÉLÉE-THÉTIS-ACHILLE) et d'Ulysse. Ce dernier, roi d'Ithaque, refusa de s'enrôler, faisant semblant d'être fou: il s'habilla en paysan et se mit à labourer les champs en jetant derrière lui des poignées de sel. Le sage Palamède, qui était allé le chercher avec Agamemnon, finit par le démasquer en plaçant le petit Télémaque, fils d'Ulysse, devant la charrue. Craignant de tuer son enfant, Ulysse arrêta de labourer, recon-

pp. 232-233
Le duel entre Ménélas (à gauche) et Pâris (à droite), assistés, respectivement, d' Héra et d' Artémis (Kylix à figures rouges, 480 av. J.-C., Musée du Louvre).

p. 233
En haut: Fragment d' amphore mélienne avec scène de duel entre deux guerriers, interprété comme étant le duel entre Achille et Memnon (VIIe s. av. J.-C., Athènes, Musée national).

nut qu'il était sain d'esprit et suivit les autres Grecs avec son armée. Si sa participation à la guerre fut décisive, bien d'autres guerriers jouèrent également un rôle important, comme Idoménée de Crète, le sage Nestor de Pylos, Ajax fils de Télamon, de Salamine, Diomède d'Argos, Ajax le Locrien, Achille et son cher ami Patrocle.

Au début, des vents violents empêchèrent le départ de la flotte grecque, rassemblée dans le port d'Aulis. Les généraux s'adressèrent alors au devin Calchas et apprirent que les navires ne pourraient partir que si Agamemnon sacrifiait à Artémis sa fille Iphigénie. La déesse, furieuse contre le roi mycénien qui avait tué d'une flèche une de ses biches sacrées, exigeait en contrepartie le sacrifice de sa fille. Agamemnon se soumit à son destin et amena Iphigénie à Aulis en lui faisant

croire qu'il allait la fiancer à Achille. Juste avant le sacrifice, Artémis, ayant pitié de la jeune fille, lui substitua une biche et la transporta dans son sanctuaire en Tauride (voir Atrides). Des vents propices s'étant levés, les Achéens purent mettre le cap sur Troie. En arrivant en Troade, Ménélas envoya une délégation à Priam pour lui demander de leur rendre Hélène, mais leur requête ne fut pas acceptée. Les Grecs débarquèrent et commencèrent à se battre contre les Troyens, qui avaient réuni, sous le commandement d'Hector, de nombreux alliés renommés: Lyciens, Mysiens, Paphlagoniens, Maioniens, Phrygiens, Thraces, Péoniens, etc. Le premier à fouler la terre troyenne fut le Thessalien Protésilaos, qui fut tué par Hector et enterré avec tous les honneurs. Les Grecs s'attaquèrent d'abord à la partie la moins bien fortifiée des murailles, mais sans succès. Ils décidèrent alors d'assiéger la ville, puisque les Troyens ne s'aventuraient pas hors des murs, par crainte notamment des forces d'Achille. Comme ils manquaient de vivres, ils se mirent à piller les environs d'Ilion et s'emparèrent de plusieurs villes, si bien que le siège dura neuf ans.

Si tous les combattants firent preuve d'un très grand courage pendant cette longue période, la palme revient certainement à Achille et à Agamemnon. Tous

p. 234
Alors que la guerre de Troie se trouvait à son stade le plus crucial, les Troyens envoyèrent dans le camp adverse un espion: Dolon. C' est l'arrestation de ce dernier par Ulysse et Diomède qui est représentée sur ce cratère (380 av. J.-C., British Museum).

p. 235
Amphore à figures noires, très belle oeuvre du peintre Exékias, qui a décoré le vase d' une scène de la vie des guerriers au repos. Achille et Ajax jouant au jeu de dames (530 av. J.-C., Musée du Vatican).

ΑΙΑΝΤΟΣ

p. 236
Achille enfonce sa lance dans le cou de la vaillante Amazone Penthésilée qui s' efforce en vain, au dernier moment, de frapper son adversaire. Son regard rencontre celui d' Achille qui, comme le veut la légende, tombe amoureux d' elle juste avant qu' elle rende l' âme. (Amphore à figures noires, oeuvre d' Exékias, 530 av. J.-C., British Museum).

deux remportèrent de nombreuses victoires et prirent à leurs adversaires un riche butin et de belles jeunes filles, parmi lesquelles Chryséis, fille de Chrysès, prêtre d'Apollon, qu'Agamamnon avait prise auprès de lui. Chrysès, apprenant le sort de sa fille, se rendit dans le camp des Achéens avec de somptueux cadeaux pour qu'on la lui rendît. Agamemnon reçut très mal le vieillard, mais fut finalement obligé de lui donner Chryséis, car Apollon, fâché de l'affront fait au vieillard, avait décimé de ses flèches l'armée grecque. Cependant, comme il estimait devoir être dédommagé de la perte de son "acquisition", le grand chef s'empara de Briséis, la favorite d'Achille. Celui-ci, furieux, se retira sous sa tente et demanda l'aide de sa mère Thétis, qui supplia Zeus de venger son fils. En effet, très rapidement, les Achéens commencèrent à essuyer des défaites.

Lorsqu'Agamemnon, Ulysse et Diomède furent blessés et que les Troyens partirent à l'assaut des fortifications grecques, Agamemnon supplia Achille de reprendre les armes et promit de lui rendre Briséis. Sa proposition ayant été refusée, Patrocle intervint et obtint la permission d'utiliser la merveilleuse panoplie de son ami, façonnée par Héphaïstos.

Tout d'abord, le stratagème

réussit, les Troyens croyant qu'ils avaient devant eux Achille, mais, au bout d'un dur combat, Hector parvint à tuer Patrocle. En apprenant la nouvelle, Achille, envahi par la colère et la rancoeur, revint sur ses décisions et s'apprêta à affronter les Troyens et à venger la mort de son ami. Après de vaillants combats, il repoussa les adversaires jusqu'aux portes Scées, où était tombé Patrocle, se battit en duel avec Hector et le tua. Il attacha ensuite le corps à son char et le traîna autour des murailles de Troie. Cependant, lorsque Priam réclama plus tard la dépouille de son fils, Achille rendit les honneurs dus au prince troyen avant de le remettre au vieux roi pour que celui-ci puisse le pleurer avec Hécabe et Andromaque (femme d'Hector) et l'ensevelir pieusement. Lorsque les Troyens perdirent leur chef, ils appelèrent à la rescousse Memnon, fils d'Éos et roi des Ethiopiens, ainsi que les Amazones. Tant Memnon que

p. 236-237
Kylix á figures rouges: Ajax, aidé d'Athéna, s'efforce de terrasser Hector, que protège Apollon (480 av. J.-C., Musée du Louvre).

Penthésilée, la reine des Amazones, furent tués par Achille. On raconte même que celui-ci, en regardant Penthésilée qu'il venait de frapper d'une flèche, tomba amoureux d'elle, mais la belle jeune femme expira dans ses bras. Un peu plus tard, il mourut à son tour, car Apollon, toujours aux côtés des Troyens, guida la main de Pâris afin que sa flèche frappât Achille au talon, son seul point faible. La bataille fit alors rage autour du corps du vaillant guerrier, qui fut transporté par Ajax et Ulysse dans le camp grec. Là, les Achéens, avec Thétis et les Néréides, pleurèrent leur héros pendant dix-sept jours et dix-sept nuits avant de le brûler et d'enterrer ses cendres dans une tombe, près du rivage, où des jeux funèbres furent organisés en son honneur. Ulysse et Ajax revendiquèrent ses armes, qu'Agamemnon remit finalement à Ulysse. Ajax, furieux, voulut se venger, mais Athéna l'ayant rendu fou, il se mit à massacrer les animaux du camp, croyant qu'il tuait des guerriers achéens. Lorsqu'il eut retrouvé la raison, il se suicida en tombant sur son épée fichée en terre.

En dépit des rudes combats, Troie résistait et, selon la

p.238
Grand fragment de lébès (chaudron en terre cuite), où est figurée une scène des jeux funèbres en l' honneur de Patrocle. Parmi les spectateurs qui assistent à des courses hippiques, juchés sur une estrade, on distingue Achille (580 av. J.-C., Athènes, Musée national).

prophétie de Calchas, elle ne serait conquise que si Néoptolème, le fils d'Achille, et Philoctète, qui possédait les armes meurtrières d'Héraclès (voir Héraclès), étaient amenés sur le champ de bataille. Philoctète s'était mis en route avec les Achéens, mais, au cours d'une des escales de la flotte, il avait été mordu par un serpent venimeux et Agamemnon l'avait laissé à Lemnos, car sa plaie ne se fermait pas et dégageait une odeur pestilentielle. Il avait cependant réussi à survivre jusqu'à ce qu'il fût transporté à Troie avec Néoptolème. Tous deux se révélèrent d'excellents guerriers: Philoctète tua de ses flèches Pâris, le responsable de la guerre, et Néoptolème devint chef du groupe de soldats qui se cachèrent dans le Cheval de Troie.

Le Cheval de Troie était une invention géniale d'Ulysse, grâce à laquelle Troie tomba, après dix ans de siège. Les Achéens avaient construit, d'après les plans de l'astucieux roi d'Ithaque,

pp. 238-239
«Le triomphe d' Achille», oeuvre du peintre autrichien Franz Matz, qui décore l' Achilleion à Corfou. Achille triomphant traîne devant les murailles de Troie le corps sans vie d' Hector qu' il a attaché à son char.

un énorme cheval de bois, dans le ventre duquel s'introduisirent leurs meilleurs guerriers. Ils firent ensuite semblant d'abandonner le siège et de se retirer à Ténédos, tout en laissant cependant le cheval à l'extérieur des murailles de la ville. En apercevant cette construction bizarre, les Troyens furent surpris et bon nombre d'entre eux soupçonnèrent quelque ruse. Cassandre, la fille de Priam, qui possédait des dons divinatoires, annonça à tous les malheurs à venir, mais on ne la crut pas. **Laocoon,** le prêtre d'Apollon, comprit lui aussi la ruse, quand il lança son javelot sur le cheval et entendit un bruit sourd. Mais alors qu'il essayait d'avertir les Troyens, Athéna fit sortir de la mer deux énormes serpents qui l'étouffèrent, lui et ses enfants. Finalement, le cheval fut considéré comme un présent et transporté à l'intérieur des murs. La nuit, les Achéens sortirent de leur cachette et, avec l'aide des guerriers restés sur les navires, s'emparèrent de Troie, la pillèrent et tuèrent ou firent prisonniers ses défenseurs. Priam périt de la main de Néoptolème, Ulysse tua Déiphobe, fils de Priam, qui avait épousé Hélène après la mort de Pâris. Hécabe fut faite prisonnière et Ménélas retrouva Hélène (ou son idole - voir Atrides) et la ramena à Sparte. Le seul à sortir indemne des ruines fut Enée, le fils d'Aphrodite, qui s'enfuit en Italie et est considéré comme l'ancêtre des fondateurs de Rome.

Toutefois, après la chute de Troie, les vainqueurs ne connurent pas un meilleur sort que les vaincus. Les dieux,

p. 240
Détail du cratère François: Ajax transportant sur ses épaules le corps d'Achille (570 av. J.-C., Musée archéologique de Florence).

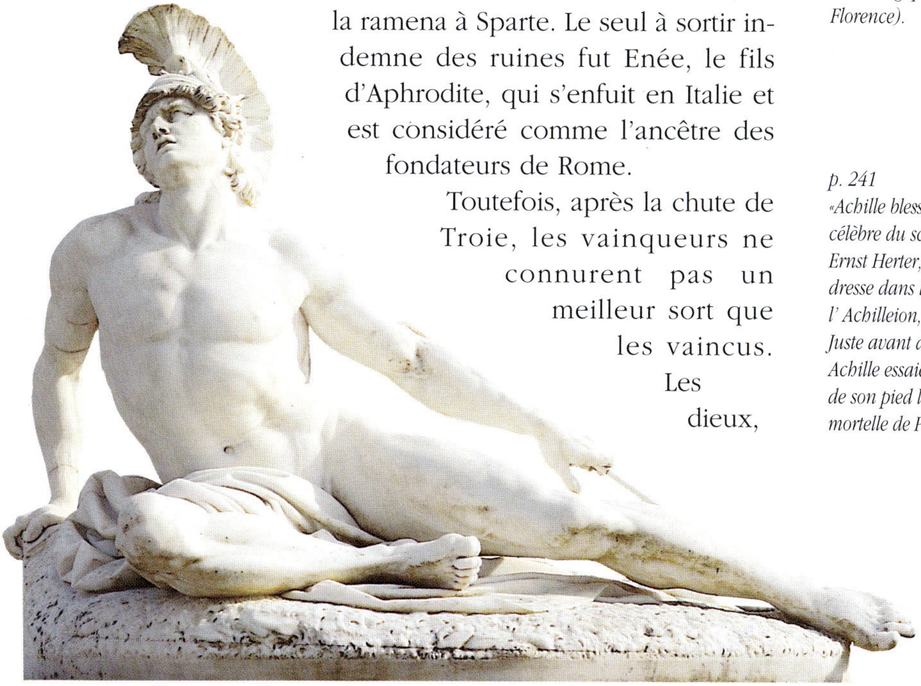

p. 241
«Achille blessé», statue célèbre du sculpteur Ernst Herter, qui se dresse dans le jardin de l'Achilleion, à Corfou. Juste avant de mourir, Achille essaie de retirer de son pied la flèche mortelle de Pâris.

p. 242
Laocoon, qui osa dévoiler aux Troyens la supercherie du «cheval de Troie», fut cruellement châtié par Athéna: ses enfants et lui-même furent étouffés par deux énormes serpents (Groupe du Laocoon, Ier s. apr. J.-C., Musée du Vatican).

et notamment Poséidon, indignés par leur comportement inhumain envers les Troyens, leur firent connaître des revers terribles. Certains trouvèrent la mort sur le chemin du retour, d'autres errèrent sur des mers déchaînées et dans des pays inhospitaliers, comme Ménélas, Teucros (fils d'Ajax-Télamon) et Ulysse, d'autres encore furent assassinés à leur retour dans leur patrie, comme Agamemnon. Par contre Nestor, Philoctète, Diomède et Idoménée rentrèrent chez eux sans difficulté, grâce à la dignité dont ils avaient fait preuve au cours de la guerre.

p. 243
Amphore ornée de motifs en relief de Mykonos. Sur le col, on remarque le cheval de Troie avec les guerriers grecs cachés dans son ventre (670 av. J.-C., Musée archéologique de Mykonos).

9. ULYSSE

Ulysse, l'illustre roi d'Ithaque, était fils de Laërte et d'Anticlée. Avant de partir pour Troie, il avait épousé Pénélope, fille d'Icarios et nièce de Tyndare, roi de Sparte, dont il avait eu un fils: Télémaque. En se mettant en route pour Troie, il savait, par un oracle, qu'après la fin de la guerre il errerait dix ans jusqu'à ce qu'il puisse regagner sa patrie. Les aventures qui lui arrivèrent au cours de son long voyage ont été admirablement décrites par Homère dans l'"Odyssée" et sont, de nos jours encore, le symbole des efforts surhumains de l'homme pour la conquête de ses idéaux. Ithaque représentait les buts élevés et les rêves qui peuvent être atteints par des sacrifices et des combats acharnés.

p. 244
Relief en bronze de Delphes: Ulysse, attaché sous le ventre d' un bélier, tente de s' échapper de la grotte du Cyclope Polyphème (VIe s. av. J.-C., Musée archéologique de Delphes).

p. 245
La fameuse «amphore d' Eleusis». Sur le col du vase, Ulysse, peint en blanc, aidé de ses compagnons, aveugle le redoutable Polyphème après l' avoir enivré (670-660 av. J.-C., Musée archéologique d' Eleusis).

La première escale d'Ulysse après la chute de Troie fut Ismaros, où habitaient les **Cicones.** Ce peuple étant un allié des Troyens, Ulysse le pilla avant de continuer son voyage en mer Egée. Mais des vents violents poussèrent les bateaux vers Cythère, puis sur les côtes de la Libye, où vivaient les **Lotophages,** renommés pour leurs fruits délicieux, les lotus, qui avaient la propriété de faire oublier aux hommes leur patrie. Quelques marins, qui avaient goûté à leur chair sucrée, refusèrent de repartir. Ulysse évita d'y goûter et quand il comprit ce qui se passait, il obligea ses compagnons à rembarquer le plus vite possible.

Ensuite, il jeta l'ancre sur les côtes d'une île boisée, où abondaient les chèvres sauvages. C'est là que se trouvait le **pays des Cyclopes,** géants brutaux n'ayant qu'un seul oeil au milieu du front, qui vivaient de l'éle-

vage des ovidés et étaient anthropophages. Ulysse et ses compagnons pénétrèrent dans une immense grotte, allumèrent un feu et égorgèrent quelques moutons qu'ils étaient en train de rôtir quand un gigantesque Cyclope fit son apparition. C'était Polyphème, fils de Poséidon et de Thoosa, qui, en apercevant ses visiteurs, s'empressa d'en dévorer deux ou trois avant de demander à Ulysse qui il était. "Mon nom est Personne", répondit ce dernier en offrant un peu de vin au monstre. Comme c'était la première fois que Polyphème buvait une telle boisson, il fut vite enivré et déclara à Ulysse que, pour le remercier de son présent, il le mangerait en dernier! Mais, étourdi par l'alcool, il ne tarda pas à s'endormir; Ulysse lui creva alors l' oeil avec un pieux pointu et attacha ses compagnons sous le ventre des moutons. Entretemps, Polyphème s'était mis à hurler de douleur et, quand les Cyclopes lui demandèrent ce qui s'était passé, il leur répondit qu'il avait été aveuglé par personne - réponse qui le fit passer pour fou. Puis il se déplaça rapidement vers l'entrée de la grotte, poussa le gros rocher qui la fermait et sortit pour qu'ils le voient. Ulysse s'attacha à son tour sous le ventre d'un bélier, fit sortir tous les animaux et les conduisit jusqu'aux bateaux. Et comme ils avaient déjà levé l'ancre, il cria de loin son véritable nom. Polyphème demanda alors à Poséidon de le venger de son grand malheur en mettant son ennemi à rude épreuve.

La prochaine escale fut l'**île d'Éole.** Éole, maître des vents, offrit l'hospitalité aux voyageurs et, au moment de

p. 247 Oenochoé à figures noires au décor représentant Ulysse perçant l' oeil de Polyphème (500 av. J.-C., Musée du Louvre).

pp. 248-249
Très beau lécythe à figures noires figurant l' aventure d' Ulysse dans l' île de Circé. La terrible magicienne, qui a déjà métamorphosé un de ses

leur départ, leur offrit une outre dans laquelle il avait enfermé tous les vents, à l'exception de Zéphyr. Il leur expliqua que tant que l'outre serait fermée leur voyage serait agréable et que le doux Zéphyr les conduirait directement à Ithaque. Ainsi Ulysse mit le cap sur le mer Ionienne et arriva bientôt si près de son île qu'il pouvait voir la fumée des cheminées des maisons. Il fit alors un petit somme et Poséidon, qui avait promis à Polyphème de le venger, incita ses compagnons à ouvrir l'outre en leur faisant croire qu'elle contenait du vin. Les vents jaillirent avec force et repoussèrent le navire vers l'île d'Éole. Celui-ci, craignant de s'opposer à la volonté des dieux, refusa de leur prêter assistance une seconde fois.

Les malheureux marins continuèrent leur voyage sans l'aide de vents favorables et arrivèrent quelques jours plus tard dans le **pays des Lestrygons,** peuple sauvage d'anthropophages qui les attaquèrent et attrapèrent quelques-uns d'entre eux qu'ils coupèrent en morceaux pour les manger. Ulysse et ses compagnons s'enfuirent à toute vitesse, sous un bombardement de rochers. Mais les Lestrygons les poursuivirent et massacrèrent les équipages. Seul le bateau d'Ulysse fut épargné et put lever l'ancre.

Après un voyage de plusieurs jours, Ulysse accosta à Aea, l'île d'Éos, où habitait **Circé**, fille d'Hélios et soeur d'Aeétès. Circé était une terrible magicienne qui transformait en animaux tous les hommes qui l'approchaient. Ainsi, quelques compagnons d'Ulysse, qui s'étaient rendus dans son palais, conduits par Eurylochos, rencontrèrent partout des animaux sauvages, toutefois amicaux envers les étrangers. C'étaient des êtres humains ensorcelés, comme le devinrent les nouveaux visiteurs, que Circé toucha de sa baguette magique et changea en porcelets. Eurylochos, le seul à avoir échappé à la métamorphose, courut avertir Ulysse, resté sur le bateau, qui s'empressa d'aller sauver ses camarades.

En chemin, il rencontra Hermès qui lui fit sentir une plante magique pour éviter d'être ensorcelé. En effet, Circé ne réussit pas à changer son aspect; et, devant la menace de son épée, elle redonna même une forme humaine à ses compagnons et le persuada de rester quelque temps dans son île. Pendant son séjour, Circé lui donna trois fils: Agrios, Télégonos et Latinos.

compagnons en pourceau, s' approche d' Ulysse en lui offrant son filtre magique (début du Ve s. av. J.-C., Athènes, Musée national).

Grâce à l'aide de Circé, Ulysse visita le **royaume des morts,** où il trouva l'esprit du devin Tirésias, qui le mit au courant de son avenir: son retour serait difficile, mais les problèmes qu'il trouverait à Ithaque seraient encore plus pénibles. Dans ce passage de l' "Odyssée", Homère décrit de manière très imagée la vie dans l'Hadès et les rencontres d'Ulysse avec les âmes des morts. Il s'attarde plus particulièrement sur Anticlée, qui donne à son fils des nouvelles d'Ithaque et de sa famille, et mentionne également Jocaste, Antiope, Phèdre, Ariane, Léda, Agamemnon, Achille, Ajax, Minos, Tantale et Héraclès.

Après avoir quitté le royaume de Circé, Ulysse dut affronter un grand danger: les vents conduisirent son bateau à l'**île des Sirènes** (voir Sirènes), qui envoûtaient et tuaient les marins de leurs chants. Suivant le conseil de Circé, il boucha les oreilles de ses compagnons avec de la cire et les obligea à l'attacher au mât en leur faisant jurer de ne pas le détacher, aussi fort qu'il criât. Il entendit ainsi le chant ensorcelant, promettant le bonheur éternel, et, malgré ses hurlements pour qu'on le laissât rejoindre les Sirènes, les marins ne cédèrent pas jusqu'à ce que le bateau se fût éloigné.

L'obstacle suivant fut **Scylla et Charybde** (voir Scylla et Charybde). En essayant d'éviter Charybde, Ulysse conduisit son bateau trop près de Scylla et celle-ci parvint à dévorer quelques marins. Les survivants passèrent ensuite par les Symplégades qui, par bonheur, étaient fixes depuis le passage des Argonautes (voir EXPÉDITION DES ARGONAUTES).

Le navire accosta bientôt sur les côtes de l'île de Thrimnacia, où vivaient les troupeaux sacrés d'**Hélios** (voir Hélios). Suivant le conseil de Tirésias, Ulysse adjura ses compagnons de ne pas toucher à une seule bête du dieu. Mais, les conditions atmosphériques ne leur permettant pas de partir rapidement et les vivres venant à manquer, ils durent tuer quelques boeufs pour se nourrir. Hélios, furieux de ce manque de respect, demanda à Zeus, quand le bateau se fut éloigné des côtes, de provoquer une forte tempête. La bourrasque fit couler le bateau et seul Ulysse, qui s'était accroché au mât et avait eu le temps de fabriquer un radeau de fortune, fut sauvé. Le vent impétueux le poussa à nouveau vers Charybde. Au moment où il se sentait entraîné par son tourbillon, il saisit un figuier qui avait poussé sur un rocher et y resta pendu jusqu'à ce que son radeau ressortît du tourbillon.

Après avoir été balloté pendant neuf jours par les vagues, il arriva à Ogygie, l'île de **Calypso,** fille de Thétis et d'Océanos ou d'Atlas. Cette belle femme vivait dans une grotte idyllique, entourée d' arbres touffus où nichaient d'innombrables oiseaux au gazouillis enchanteur. Etant tombée amoureuse d'Ulysse en l'apercevant, elle lui demanda de rester auprès d'elle pour toujours, lui offrant en échange l'immortalité et la jeunesse éternelle. Sa beauté et le charme de l'île le gardèrent auprès d'elle pendant plusieurs années, mais il ne cessait de penser à sa chère Ithaque. Ainsi, Zeus chargea Hermès de persuader Calypso de le laisser partir. Ulysse construisit rapidement un radeau, prit congé de sa bien-aimée et fit voile sur Ithaque.

Lorsque Poséidon le vit voguant tranquillement sur la mer, il provoqua une grosse tempête, qui fit danser le radeau sur les vagues en furie. Pendant deux jours Ulysse lutta contre la mer déchaînée jusqu'à ce que les courants le jettent, épuisé, sur les côtes de l'île de Schérie, habitée par les **Phéaciens.** Sans comprendre ce qui était arrivé, il s'endormit sous un arbre, au bord d'une petite rivière. Le matin, il fut réveillé par des voix de jeunes filles. C'était Nausicaa, fille du roi Alcinoos et d'Arété, qui lavait son linge et jouait à la balle avec ses amies. Voyant l'étranger nu, couvert seulement de feuilles, elle lui offrit des vêtements propres, le laissa se laver, puis le conduisit au palais, fascinée par sa beauté divine. Alcinoos l'accueillit cordialement, lui offrit de riches cadeaux et, quelques jours plus tard, arma un navire pour le transporter à **Ithaque,** où l'équipage le laissa, encore endormi, sur une plage isolée. Mais Poséidon fit payer chèrement aux Phéaciens leur gentillesse: il brisa leur navire, métamorphosa les marins en rochers et il aurait détruit les deux ports de Schérie si Alcinoos ne l'avait pas apaisé en lui sacrifiant douze très beaux taureaux.

A son réveil, Ulysse ne reconnut son île que lorsqu'Athéna se présenta devant lui et lui dit qu'il se trouvait à Ithaque. Ensuite, elle le métamorphosa en vieux mendiant et lui conseilla de se rendre à la cabane d'Eumée, le fidèle porcher du palais. Entre-temps, la situation avait changé à Ithaque et les choses n'étaient plus comme l'étaient avant le départ du roi pour la guerre. Anticlia était morte, Télémaque, devenu adulte, était parti chez Ménélas, à Sparte, pour avoir des nouvelles de son père et Laërte se consummait de chagrin. Pénélope, qui attendait avec impatience le retour de son mari, s'était trouvée

p. 251
Stèle en terre cuite au décor en relief provenant d' Etrurie. Ulysse attaché au mât de son bateau, écoute, envoûté, le doux chant des Sirènes (époque romaine, Musée du Louvre).

dans une situation très difficile. Estimant qu'Ulysse était mort, plus de cent princes l'avaient demandée en mariage, dans l'espoir de s'emparer ainsi du pouvoir. Pénélope, voulant éviter les prétendants, promit de choisir l'un d'eux dès qu'elle aurait achevé de tisser le linceul destiné à Laërte. Pendant trois années, elle défaisait chaque nuit le travail de la journée, retardant des noces qu'elle ne souhaitait pas, tandis que les prétendants s'étaient installés au palais et dilapidaient la fortune royale. Peu avant l'arrivée d'Ulysse, ils avaient donné à la reine un dernier délai pour désigner son futur époux; et ils songeaient même à les assassiner, elle et Télémaque.

Suivant les conseils d'Athéna, Ulysse courut donc à la cabane d'Eumée, où il rencontra Télémaque, qui venait de rentrer de Sparte. Père et fils se reconnurent très vite, tombèrent dans les bras l'un de l'autre et partirent immédiatement pour le palais dans l'intention de se débarraser des prétendants. Le premier à accueillir le roi déguisé fut Argos, son fidèle chien, qui se coucha aux pieds de son maître et rendit l'âme. Ulysse entra ensuite dans la salle des banquets, où les prétendants se comportèrent très mal envers lui, le prenant pour un mendiant. Seule Pénélope lui offrit l'hospitalité et lui demanda s'il savait quelque chose sur son époux. Sans lui dévoiler son identité, il l'assura cependant qu'Ulysse était vivant et qu'il rentrerait bientôt à Ithaque. Peu avant qu'il s'endormît, la vieille Euryclée, son ancienne nourrice, reconnut, en lui lavant les pieds, une marque sur sa cuisse; mais, comme il lui avait fait signe à temps, elle ne dit rien.

Le jour suivant, les prétendants organisèrent un banquet et pressèrent Pénélope de prendre enfin une décision. La malheureuse femme se déclara prête à épouser celui qui arriverait à faire passer sa flèche par les trous des fers de douze haches fichées l'une à côté de l'autre dans la terre. Ils utiliseraient l'arc d'Ulysse, avec lequel le héros avait jadis réalisé cet exploit. Les prétendant essayèrent de tirer, sans même pouvoir plier l'arc. A la fin, Ulysse, hué et insulté, fit lui aussi un essai et réussit. Télémaque, qui avait auparavant caché les armes des princes, lui apporta alors une épée et une lance. Et, après avoir dévoilé l'identité du mendiant, père et fils tuèrent un à un tous les prétendants. Pénélope, en apprenant la nouvelle, courut vers l'étranger, mais ne fut convaincue qu'il s'agissait bien de son très cher époux que lorsqu'il lui montra des signes cachés et lui décrivit leur chambre nuptiale.

p. 252
Statue romaine de Pénélope, copie d' une oeuvre de la Grèce antique (Musée du Vatican).

INDEX